Couverture : lettrage de Pierre Alechinsky.

Traits et portraits

Collection dirigée
par Colette Fellous

PIERRE DUCROZET

Autoportrait sans moi

MERCVRE DE FRANCE

Parfois je voudrais revoir l'enfant et comprendre d'où pourquoi comment. Traquer sur mon visage les ombres et les reflets, le petit tremblement que l'on distingue dans mes yeux sur les photos. Je ne vois pas de tempête à l'adolescence, il y avait une légère mélancolie, certes, mais c'était calme. Ça ne l'a plus jamais été.

Ensuite est arrivée la colère de ne pas pouvoir saisir véritablement les choses, de vouloir plus. La colère contre le pacte qui m'a jeté dans le monde sans que j'aie pu le parapher, contre l'absurdité, le vide. La joie violente d'être en vie.

Je m'arrête sur les photos, sur mon corps, les élans intérieurs qui affleurent à la surface. Une vie paraît si petite lorsqu'on s'y penche. J'ai beau guetter, je ne distingue rien.

Je voudrais replacer les choses sur la carte du temps, les nuits oubliées, les plages, une lune par-dessus. On ne fait que divaguer et glisser, on ne retiendra rien. Une ligne de fuite, pas grand-chose, un solo désaccordé, un chaos à peine organisé.

Je voudrais comprendre les petits lacs et les élans. Sur les photos on verrait. Il suffirait de regarder, de très près, et on saurait. Tout serait lisible tout à coup. Mais le petit garçon est quelque part dans la cour, il ne répond pas à mes appels, il a d'autres choses à faire. Comment lui donner tort.

L'été pour nous ce sera toujours ça. La morsure du soleil, l'éclat brûlant de la mer, nos pieds dans le sable et les vagues qui nous renversent ; à peu près l'éternité.

L'idée est simple : prendre notre élan et courir comme des fous vers les vagues qui déferlent en rythme de l'océan, les heurter de plein fouet et sentir notre corps qui tombe et roule et s'enfonce dans le sable, rebondit et revient à la surface. Mon frère me dit viens on y retourne et je le suis, la vague fond sur nous et nous plaque au sol, la bouche pleine de sable et de sel on se redresse et on rit, les cheveux collés au visage, la tête à l'envers. On s'enroule dans les plis de l'océan. Nos parents doivent être quelque part sur la plage. On tombe, on boit la tasse, on s'élance à nouveau. Le jour doit suivre son cours mais pour d'autres que nous.

L'océan Atlantique en bouillons et nous dedans. Inlassablement nous courons vers lui. Mon frère, Fred, et moi. L'été a ce goût d'écume et de sel. Aujourd'hui, nous regardons ses trois enfants courir comme nous le faisions vers l'océan. Debout, tous les deux, nous les voyons réunis dans le grand jeu des vagues, des années après nous. Devant le ressac qui se joue d'eux, je sais mon frère ému, il pense comme moi à nos vagues à nous, sur cette même plage. Bientôt nous les rejoindrons. Pour l'instant, nous restons là, debout. Ils dansent dans l'eau et nous sourions au soleil.

Deux voyages, tous deux verticaux, qui s'enfonceraient respectivement dans l'espace et dans le temps. Suivre les deux lignes qui se rejoignent et se séparent, se mêlent

et se brouillent, leurs deux vitesses qui ne s'allient pas. Les suivre jusqu'à ce qu'elles n'en forment plus qu'une, comme un nouvel espace-temps.

Je me penche, je regarde, je suis à nouveau dedans.

Oui, oui c'est ça, des visions, des voyages, des amours, des amis il ne restera finalement que cela, l'étincelle, l'éclair, qui aura duré si peu, qui irradie sans fin. D'infimes soubresauts à la surface du grand lac qui tremble encore.

L'été. C'est ainsi qu'on appellera toujours la liberté, la fièvre, la soif de recommencer.

Toute la mort pour nous reposer

Elle est allongée à la proue. On est dans les Célèbes, je crois, et l'embarcation se dirige vers une île, mais laquelle. Julieta est allongée, elle regarde le ciel. Je lui demande à quoi elle pense. Elle ne répond pas. Je regarde moi aussi le ciel qui me brûle la rétine. Puis lentement elle se tourne vers moi, les yeux chargés, ça bouge fort à l'intérieur, et elle me dit, je refais le voyage. Je fais ça de temps en temps, je me lance dans les jours passés et j'essaie de refaire le chemin, dans l'ordre, dans le désordre, en ligne ou en étoile, de me souvenir de chaque détail, de fixer toutes les sensations possibles sur ma toile.

Des années plus tard, je réinventerai cela dans un roman, à travers un personnage (tout en la citant – ce qui n'exonère pas l'emprunt, ou le vol, c'est selon). Et aujourd'hui je voudrais faire moi aussi le voyage, allongé sur cette proue en bois de bambou, mon bureau. Moi aussi je voudrais plonger dans les jours vivants devant moi, étalés tous là, aller venir et vivre tout vraiment, pleinement, pour la première ou la centième fois.

C'est l'été, à nouveau, et comme chaque été je remets ma vie sur le tapis.

J'ai quarante ans, je n'ai pas de maison, mes quelques affaires sont disséminées ici ou là, je n'ai pas d'enfant alors que j'aimerais tant tenir sa main sur un petit chemin de terre, je me promène comme toujours sans plus d'attaches que moi-même, qui ne suis qu'à peine relié à un fil. Cela semble donc le moment idéal de faire un état des lieux, une mise à jour.

Il faut que je me resserve du café, je vais trop vite, je dois ralentir encore, et pour une raison que j'ignore, cette année-là, Billie Holiday et le café ralentissent mes mouvements, accompagnent mes allées et venues, d'une grande lenteur, sur la terrasse de notre maison. Tout le monde est là, au soleil, il est deux heures ou peut-être trois, on joue aux cartes sur la grande nappe blanche. Ma mère rigole, mon père coupe, je joue d'une main et de l'autre je trace des cercles dans l'air. J'ai seize ans. Je cherche, comme je le ferai chaque année, la clef du mystère, le cœur de l'été. Car il ne s'agit pas que de la lumière, de la chaleur, de cette langueur, c'est ça bien sûr mais c'est autre chose encore, que je guette sur les murs, sous les tables, derrière les lézards, les silhouettes, mais je ne sais pas, je ne trouve pas. Mon frère me regarde, je lui souris, il me dit quelque chose que j'entends mal, il y a les bruits de l'été, les arbres qui frissonnent ; je reprends du café.

On est avec les amis chers dans une ruelle en épingle des pentes de la Croix-Rousse, devant chez JB, on piétine les vignettes Panini de notre enfance et de l'équipe adverse, le ciel est bleu-noir au-dessus de nous, on a perdu la finale de 2006, coup de tête et drame, mais l'été débute et tout est là devant nous, offert.

L'énigme demeure, je suis Arsène Lupin et Sherlock Holmes à la fois, mes nouveaux amis d'adolescence, et je vais mener l'enquête puisque visiblement personne ne s'en charge. Je marche très lentement et j'étudie les pas. J'observe les formes, je déplace les meubles, j'ouvre les pages. J'observe distinctement la grâce, je détaille les rayons de lumière, le chuchotement du monde. Il doit y avoir autre chose encore, que je n'arrive pas à saisir. L'été a débarqué dans toute sa splendeur et son autorité, il n'a rien laissé de ce qui avait précédé, dont nous avons tout oublié. Il n'y a jamais eu que lui, ou elle, il n'y aura jamais rien d'autre. Je suis tant dans l'instant que j'y disparais.

Cet été, enfin, c'est certain, je percerai le mystère.

J'enchaîne de juin à septembre 2003 les petits boulots, intérimaire en usine de saucisses, enquêteur sur aire d'autoroute, distributeur de dépliants, et je suis étonnamment joyeux, tout se passe comme en rêve : je ne dors pas mais ne suis jamais fatigué, je travaille, je fais la fête, je croise des regards qui m'entraînent, tout s'enchaîne. J'ai suffisamment d'argent, finalement, pour ne plus retourner travailler, je pars dans le sud, je vole.

2023. Je vais vivre, comme chaque fois, cet été comme s'il était le dernier, et les revivre tous en un seul. Je ne compte pas en années, je compte en étés, comme autant d'éclats incompressibles.

J'appelle été tout ce qui nous élève, tout ce qui se détache de la continuité des jours ; l'intensité redoublée, la vie augmentée. C'est là où je me tiens droit. L'été est un lieu et je ne crois finalement qu'en eux. Je n'ai pas d'autre endroit où habiter.

Berlin, 14 août 2021, la nuit s'étale aussi langoureusement que le jour sur Reichenberger Straße, là même où je suis arrivé ici la première fois, il y a dix-neuf ans. Il y avait des draps violets dans cette chambre où habitait Guilaine, une voisine intrigante et un automne mélancolique, mais c'est une autre histoire. Je glisse sur mon vélo, dans mon sac à dos les bouteilles s'entrechoquent au rythme des pavés. Je ne suis plus jamais en retard, je n'ai pas d'horaires. J'avale Kreuzberg, me faufile entre les immeubles, grimpe au dernier étage. Il y a là un cinéma, le bien nommé Sputnik. J'entre dans la salle, dépose mes armes en enfilade sur le petit rebord en briques rouges. Le film commence. *Drunk*. C'est ce que nous sommes, à Séville, 23 juillet, 23 h 45, quartier de Triana. Dans nos oreilles les crépitements des mains qui ne cessent de déplacer, dupliquer, renverser le rythme. Tous les yeux de cette taverne sont rivés sur la scène, logée sous une arcade, où deux voix s'emmêlent, celle, fêlée, d'El Rubio, et l'autre, aiguë surpuissante, de Paco Villar, chemise infiniment entrouverte sur un entrelacs de croix en argent. Les gestes sont vifs, la nuit d'été épaisse, et quelque chose d'immémorial semble se dérouler devant nous, comme un rite hors du temps, une vigoureuse saignée. Les tripes s'étalent tour à tour sur la table en bois sec ; on les regarde. On tape des mains, Nama, Hugo et moi, on crie. Tout à coup une petite fille, sept ans à peine, se lève, ses mains s'enroulent autour de son corps, la hanche fière, le regard droit, elle danse. Déjà le rythme à sa merci. Ses pieds martèlent le sol. Skýros, est de la Grèce, 2 août, 15 h 32. Le vent brûlant s'infiltre sous nos deux casques. Cyprès, ardentes pierres, criques désertes. On ferme les yeux pour essayer de retenir quelque chose. L'île nous aveugle de sa beauté minérale. Ivres de soleil, de mer, de sel, deux corps perdus dans ce précipité de Méditerranée. Depuis Berlin, quatre profs danois sur le retour s'attellent à la tâche qui devrait nous occuper nuit et jour : trouver le niveau d'alcoolémie suffisant et constant pour pouvoir supporter le monde. J'attaque ma troisième bière. À Berlin, on peut boire au cinéma et n'est-ce pas l'une des définitions du paradis ? Il y a même un bar à l'entrée pour cela. Tous les spectateurs tiennent un verre de vin ou une bière à la main, et nos profs poursuivent leur quête, au risque de tomber. À Séville, la petite fille tourne sur elle-même, s'arrête, repart. Les deux chanteurs la prennent dans leurs bras, avant de lâcher à nouveau les chevaux, les veines brûlantes. Les familles autour se lèvent. Je regarde les amis que je viens de retrouver, qui roulent comme moi de grands yeux. Ceci n'est pas de la musique, ce sont des organes à ciel ouvert, ça vient directement du plexus à l'estomac, sans intermédiaire. Ces cris que l'on entend sont plus vieux que l'histoire, ils jaillissent des chemins de traverse, droit dans nos gueules. Flamenco par surprise. On cherche des mains le juste contrepoint, qui, comme la lumière tremblée de la nuit, ne cesse de muter et de s'échapper. À Skýros, même heure, nous marchons, Julieta et moi, sur les pavés. Chats, maisons blanches, la nuit infinie sur nous. Il faut être toujours ivre. Mads Mikkelsen, dont le visage donne envie de croire à nouveau en l'humanité, s'appuie un instant sur le banc des docks. Il lance sa jambe droite, entamant un saisissant ballet final. La grâce. Au cinéma, comme ailleurs, je n'ai jamais retenu mes larmes. La petite Sévillane claque des mains. L'île grecque s'offre à chaque virage. On est entièrement là, à chaque fois, pas besoin d'entraînement pour cela. Ivres de soleil, de musique, de poésie – tellement que l'insolation est proche. La nuit sévillane nous avale dans ses interlopes méandres, bars antédiluviens, berges du Guadalquivir transformées en rave à ciel ouvert, en pleine pandémie. Le grand jour grec nous happe à son tour. Il y a dans ces bleus-là une évidence, une clarté absolue, la puissance indéniable du lieu.

Le film s'achève. Les bouteilles sont alignées devant moi. Je me lève. Ai-je trouvé mon niveau de flottaison ? Pour supporter le monde, il faudra bien ça. Ma combinaison idéale, ce serait, donc, quatre bières, un film, de la musique, l'amour, les amis. Berlin, Grèce, Séville, points cardinaux du désir. Je remballe mes bouteilles, descends les étages, monte sur mon vélo. Je traverse la ville dans le noir à peine caressé de discrets lampadaires. Une sirène m'arrête, une voiture de flics vient se mettre en travers de ma route. Ils essaient évidemment de contester mon niveau idéal, prétextant d'un feu passé à l'orange, voire au rouge vif, alors qu'il n'y a âme qui vive à des kilomètres. Je suis, comme tous, habitué aux inévitables obstacles que la réalité vient placer sur mon chemin pour tester ma volonté. Devant l'histoire qu'il me faudrait alors leur raconter, acteurs danois et îles perdues, je préfère me taire et souffler dans le ballon tendu. *Drunk*, me répond ce dernier. Comment lui donner tort ? Mais il est trop tard maintenant pour renoncer. Trouver son niveau de flottaison, c'est l'affaire d'une vie, et les flics, qui doivent le savoir aussi, me laissent repartir. Et je me glisse lentement dans la fine lumière ambre.

Trente ans plus tôt, le goudron de la rue Corneille brûle. J'avance à côté de mon père. On sort du cinéma La Fourmi, en plein cœur de Lyon. On a vu *Casablanca*. La semaine précédente, c'était *Pierrot le fou*. Je ne pense plus qu'à ça. Plus tard, quand je serai grand, je serai Humphrey Bogart. Je marche dans la main de mon père. La ville est une salle aux sièges rouges, le monde un immense cinéma.

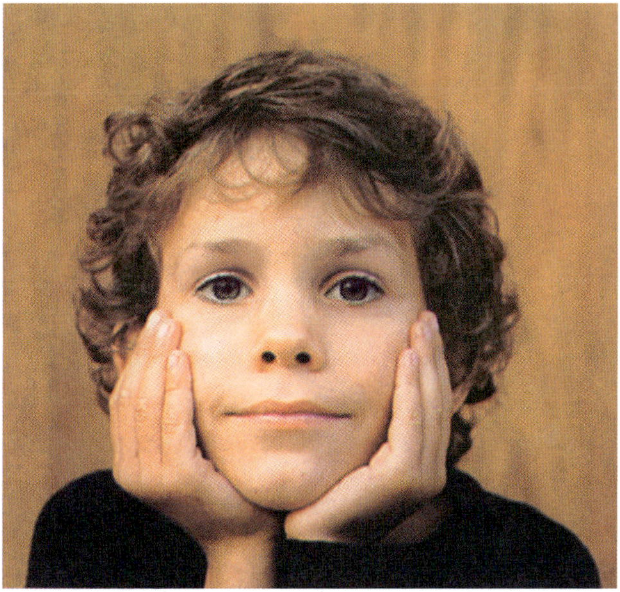

— On prend une boule de glace ?

— Non, deux, vanille et melon.

J'aurai un chapeau mou et gris. Parfois j'entrerai dans des bars, un pianiste jouera, je lui dirai *Play it again*, Sam. S'il faut sortir son flingue je le ferai. Lyon est écarlate de soleil. Je mets mes mains dans mes poches, mon père est immense à côté de moi, je mâche mon chewing-gum.

Et voici celui-ci, l'un des plus fous, l'été 2006, je suis à La Rochelle et je fais la rencontre d'une bande d'endiablés, semaine de fête et d'errance illuminée, la serveuse du bar me prend par la main et me dit viens, et j'y vais, et je suis en vie, la fille qui m'a invité ici m'a dit la même chose le jour de mon arrivée, je me souviens d'une étuve dans laquelle nous nagions, sa fille dormait à côté, je me souviens de la lumière qui ricochait sur les murs verts, de Luis, de Coco, de nos rires – je suis sorti de cette semaine radieux et essoré, et lorsque j'ai appelé mes parents pour leur dire que je ne savais plus si j'allais poursuivre, comme prévu, mon voyage jusqu'au Portugal et à ce Boom Festival qui s'annonçait dément, mon père m'a dit, dans un sourire, tu sais, Pierre, tu auras toute la mort pour te reposer – les mots, empruntés à Moustaki, avaient sifflé en moi, empli tout l'espace, toute la mort pour me reposer et seulement cet été pour vivre – écho à cette autre phrase qui surgira quelques années plus tard dans la bouche de Julieta, nous ne serons plus jamais aussi jeunes que l'été passé, *ya nunca seremos tan jóvenes como el último verano*, vertige absolu du temps, de l'infini entre les doigts de pied, des jours enfin immenses devant nous, l'été, oui, mais plus jamais celui de l'année passée, on ne sera plus jamais aussi jeunes et vifs qu'alors – et mon père, donc, me dit ça, et ma tête fait boum et je pars sans réfléchir vers le festival du même nom, à bord d'un train de nuit traversé d'éclats et de cris, j'arrive à l'aube dans un village perdu, en pente, murs blancs, café serré, ivre de fatigue – toujours j'aimerai cette fatigue éclairante comme un phare des lendemains, où tout vous apparaît plus vif, plus tranchant, où vous pouvez basculer à chaque instant dans la joie immense ou les larmes – dans ce village je descends avec mon sac turquoise sur le dos, bandelettes bleues, qui me suivra pendant des années, je descends et rejoins la route du festival, quatre-vingt mille personnes qui affluent dans le désert, quelque chose monte dans l'air, je retrouve finalement les amis, fous eux aussi, on boit, et alors je considère comme une bonne idée de – non, je ne raconterai pas tout ici, je ne crois pas à ce tout, à l'exhaustivité, à la sincérité absolue, je raconterai par éclipses et par fragments, comme la vie elle-même ; je me diffracterai en petits éclats raides et noirs, comme autant de morceaux de moi sans moi, des pièces de ce que je suis, dans lesquelles je n'importe pas – un autoportrait sans moi, voilà ce sera ça. Je suis dans le désert, donc, et je perds la tête, je ne connais plus mon nom, ni celui des couleurs, j'ai soif, une soif immense qui me jette à genoux devant des types à plumes pour réclamer de l'eau, j'escalade une colline en forme de Golgotha, je vois des aigles et des monstres, je suis passé de l'autre côté, et tout à coup un pont suspendu devant moi, impossible de le franchir, je marche sur les lattes pendant d'interminables minutes sans parvenir à avancer d'un seul mètre. Alors je ferme les yeux et me concentre pour, comme dans ce livre, rassembler le temps, le concasser, en faire une pâte malléable que je puisse modeler écraser reformer – je dirige mon corps vers cet objectif et l'atteins finalement, je reprends le contrôle, j'avance à nouveau, le pont se déroule sous mes pieds, je suis de l'autre côté – et le festival se déplie ainsi en origami, after dans les sous-bois, retour chaotique par Lisbonne, Séville, Paris, que je quitte finalement, sur un coup de tête, pour Barcelone. Je voudrais explorer la ville, un temps, pour voir. Dix-huit ans plus tard, j'y suis encore.

Je reprends mon souffle – pas besoin de courir toujours ainsi, on a le temps – et voilà une autre saison sous mes pieds, j'ai dix-neuf ans peut-être, je suis facteur cet été-là, dans le village de Brignais, je me lève chaque jour à 4 h 50, me glisse dans la Yaris rouge de ma mère, arrive dans l'obscurité à peine rosie devant la place de la mairie, ouvre les sacs de jute, entame le tri. Litres de café filtre, rires des collègues qui m'appellent Petit Caillou. Indignation quant à cet autre collègue qui s'est délesté de ses sacs de courrier dans une décharge pour rentrer plus tôt à la maison. Les tas sont en place, j'ai préparé ma tournée, arrive l'heure de la mobylette ou du vélo jaune, selon le parcours, pour aller déposer dans les réceptacles prévus à cet effet les lettres timbrées. Ce vieil homme qui toujours m'attend dans la petite rue derrière le canal pour m'offrir un pastis – cinq fois je refuse, la sixième non. Siffloter dans les ruelles vides, les virages plongeant dans la forêt. Liberté grande que je prolonge en virée dans les rues de Lyon avec Pédy, Thomas, Raph. Tout à coup deux silhouettes devant nous sous le pont Lafayette. On se regarde, on se sourit, on esquisse un pas de danse. On repart ensemble. Elles s'appellent Lisa et Susi, elles sont venues d'Allemagne passer l'été ici. La valse se poursuit de bar en bar, jusqu'à un autre pont, quelques heures et mètres plus loin, sur lequel nous nous allongeons tous. Il fait nuit sur la Terre et partout. Ma main effleure celle de Susi. Ses cheveux blonds et bouclés sont étalés sur le sol rouge du pont. Je lui souris.

L'été dès lors se déroulera ainsi, à leur rythme, on écoute les Pixies en voiture, vitres ouvertes et vent dans les cheveux, *Hey ! been trying to meet you, ooooh, hey, must be a devil between us or whores in my head, whores at the door, whore in my bed, but hey ! where have yooou beeen, if you go, I will surely die* – et à nouveau je suis vivant comme seulement en juillet, je me lève à l'aube dans des draps blancs, on s'embrasse café crème et pâte chaude, elle se rendort et je pars vers la Poste, je suis si léger que j'accélère au moment du radar, je le connais pourtant par cœur, ça n'a plus aucune importance (sauf pour mes parents qui paieront l'amende). Et les jours passent ainsi, denses fruits, oubli de tout – et jusqu'à la mort de mon grand-père, que je survole indifférent, petit con insolent – c'est-à-dire que maman j'ai ce voyage prévu, je retrouve tous les amis en Serbie, Bosnie, Monténégro, d'ailleurs je suis en route déjà, désolé, hein, saluez la famille pour moi, ça va couper, bip, bip – et on arrive à Guča, festival de trompettes mariages et enterrement, on vit dans un film de Kusturica, on plonge dans la nuit électrique, je néglige mon grand-père Opa qui aimait tant Dieu, Dostoïevski et l'opéra.

Un soir, debout sur une table, j'échange avec un Serbe qui me dit fièrement avoir scalpé des dizaines de têtes de Bosniaques. La vodka dans ma main tremble. Je m'éloigne. La nuit est une suite d'explosions. Nous courons sur un terrain en pente, je suis à l'avant de la bande d'amis, je ne vois pas venir le trou laissé par l'obus, comme il y en a des centaines ici, je tombe la tête la première dedans, vol plané, dents dans la terre et craquements de dos, les autres derrière moi me suivent, s'écroulent sur moi, je m'enfonce chaque fois un peu plus ; j'en reviendrai avec trois vertèbres déplacées et un rire tenace. On roule à présent sur les hauteurs du Monténégro, on tombe en rade, comment se faire comprendre – on s'en sort finalement, tractés, pour s'en aller dormir sur les bancs d'obscurs villages de bord de mer, sales et heureux. À Sarajevo on débarque dans une auberge haut perchée, lumière aiguë et jaune poussière des bords du fleuve – un matin à l'aube, en remontant la colline depuis le centre-ville, une odeur de pain frais nous prend, une odeur ancestrale, chaude, de miel et de levain, de grand aujourd'hui, si enivrante que nous nous détournons pour suivre sa trace, chiens aux aguets, jusqu'à cette lumière aveuglante, dans le replat de la colline, on s'approche, les fourneaux de la boulangerie sont ouverts, on entre, on hume les lourds effluves de pain, de viennoiseries, les boulangers manches retroussées nous regardent interloqués, animaux fiévreux et ensorcelés.

L'ultime image de ce voyage se joue à Trieste, on a franchi la frontière, affamés, des journées à dormir par terre, nos vêtements collent, nos estomacs petites noix étiques – alors Trieste incarne tous nos fantasmes, sur cette place, dans ces pizzas insensées, les meilleures que j'aie jamais mangées – *Hunger ist der beste Koch*, m'a souvent soufflé à l'oreille ma mère, et elle a raison, la faim est bien la meilleure cuisinière.

L'été 2022, je suis revenu à la vie. Je savais que cela se produirait en juillet, comme à chaque fois. Il est assez commun de renaître le jour où l'on est né. J'avais conscience de la brisure que représentait cette date. La moitié du chemin. Elle me hantait depuis deux ans. Après avoir chuté avec fracas, puis finalement franchi la barrière, je suis revenu sur Terre. J'ai pris le chemin de crête, Costa Brava, Landes, Bretagne, Berlin, et au bout du compte j'étais là, debout, vivant, piaffant, chien fou et débile à nouveau.

Une simple étude de cas, celui que j'ai à portée de main – un intérieur jour.

Un autre été, j'ai failli y rester. Le jour même de mes vingt ans – un quart de ce chemin, si tout va bien. Je jouais de la guitare dans les rues de Dublin pour payer mes Guinness le soir, lesquelles, amples, charnues, faisaient largement office de repas. Cet été-là j'étais le portrait d'un garçon en feu, rien ne pouvait m'arrêter, ni les voleurs de sacs de Barcelone, ni la torpeur andalouse. Je suis à Dublin à présent et ce soir j'ai vingt ans. Je perds mes amis dans les rues de la vieille ville, j'erre, proche de l'extase et du caniveau, dans lequel je m'allonge finalement, sous la grande voûte. Je compte les étoiles, peu importe qu'elles soient dans le ciel ou pas. Dublin. Les pierres millénaires me parlent. Étendu là, je reprends le fil des événements, je me rêve poète. Dans ce caniveau – je sens encore le contact du bitume sur ma peau, la position de mon corps, les vagues présences au-dessus – je suis en vie comme jamais.

Mais comme il faut toujours se relever, semble-t-il, je m'exécute. Je vois une lueur au bout de la ruelle : une avenue. Je la traverse, sans un regard sur le côté, je connais mon chemin. Le bus qui arrive plein pot sur la gauche connaît aussi le sien. Il klaxonne : j'ai beau suivre aveuglément ma destinée, j'entends un bruit. Alors qu'il est presque sur moi, je me jette en avant, il me rase et me dépasse. Je tombe sur le trottoir d'en face.

Je me relève et chemine à la lueur de la lune et des réverbères orangés. J'arrive dans une station-service. Là, tout devient noir. Lorsque j'ouvre à nouveau les yeux, je suis dans le hall d'entrée de notre immeuble, alors que je n'ai pas les clefs. Mon pote Benjamin me réveille. Tu vas bien ? Hmm. Comment t'as fait pour rentrer ? Je n'en sais rien. Quelqu'un m'a-t-il ramassé vers la station et ramené ici ? Ai-je retrouvé le chemin tout seul et attendu sur le trottoir, comme un petit chien, que quelqu'un m'ouvre ? Je me relève et je reprends le cours de la fête comme si de rien n'était. J'entends encore le rire de Benjamin dans la cuisine. Quelque chose s'est passé cette nuit-là, un pacte, une illumination, de celles qui font bifurquer le cours, sans que l'on s'en aperçoive. Ça ressemblait à une aventure d'ivrogne, mais pour moi c'était autre chose.

Ce soir-là, j'ai eu vingt ans.

L'été, on veut du silence sur nos peaux usées, on veut de l'ardeur dans nos corps, on veut vivre enfin. On se dit qu'on l'a bien mérité. L'été on prend date avec tous les âges de notre vie, on a toujours cinq et trente ans en même temps, on est graves et innocents, on sautille, on est soi-même dupliqué à l'infini. L'été on ferme la grille et vous pouvez toujours nous chercher. Comme d'éternels enfants, on ne veut pas renoncer au concept pourtant lointain, mais toujours aussi séduisant, des grandes vacances. On a grandi pourtant, on est censés avoir des responsabilités, des devoirs peut-être, mais une seule chose demeure sacrée : la saison des regards furtifs, des sacs à dos qu'on traîne sur les trottoirs, de l'amitié. On voudrait y vivre à l'année, s'y lover pour toujours. On reste ce gosse affamé de soleil, de chemins de terre qui serpentent sous la lune, de jours gorgés de sève. Chaque été on reprend la même décision – ne pas renoncer à sa liberté – avant de l'oublier à l'automne.

Juillet 1993. On a à nouveau les pieds dans le sable, mon frère et moi. La mer pique les yeux à perte de vue. On joue au foot. Les pins sont derrière nous, de l'autre côté de la dune. On assiste, comme chaque jour, aux fabuleuses noces de la mer et du soleil. Je me laisse recouvrir de sable de bas en haut, mon frère ne me laissant qu'une petite ouverture pour le visage. Il fait frais là-dedans. Je ferme les yeux. Faible ressac des vagues. Et tout à coup je comprends. L'été ne finit jamais. Il fait seulement de courtes pauses, parfois. Il a le droit après tout, il faut bien qu'il reprenne des forces. Mais il est toujours là, comme les vagues, en souterrain. Je suis dans mon sarcophage de sable, le même qu'il y a cinq ans, le même que dans dix. Un seul été, c'est bien le même à chaque fois que je raconte. L'enfance éternellement recommencée. J'ai trouvé. Le mystère et la clef. J'ouvre les yeux, je m'extrais du sable. Je me jette dans la mer.

Il y a tant d'étés perdus, aussi, comme celui que j'entrevois, dans une maison du sud, mais laquelle, avec qui – cette lumière que je devine écrasante, nos hôtes sont des amis de mes parents, lui est médecin, les enfants nos amis, je me souviens de jeux troubles dans la chambre, de docteurs justement, avec le grand, mais qu'en dire de plus, si ce n'est cette sensation lourde d'été camarguais, de chevaux sauvages à la crinière noir ébène devant la fenêtre, d'étangs et de marais salins, de taureaux, d'épaisseur du temps et d'ennui léger, comme une enfance condensée.

Tout le reste, surgi de ces soleils perdus, se confond dans des images imprécises, murets chevronnés de chardons, ânes attachés à un poteau, Chet Baker, légère tachycardie, une violoniste au visage si beau et aux pantalons larges, des nuits dans la chaleur épaisse d'Avignon, dans une caravane, une chambre donnant sur la place, il y a tant de lits dans nos vies, tant de recoins, de visages, d'erreurs, de contrefaçons, il y a tant de bords de tables sur lesquels on s'est assis, de lumières obliques, de conversations décisives, de draps anodins, de cookies émiettés dans un sac, de papiers froissés et jetés, de livres jamais lus, tant de choses vues et oubliées, tant de sourires que j'ai donnés, tant de rues que j'ai haïes, tant d'instants où j'ai dansé, une chanson dans l'oreille, où j'ai ri trop fort et dérangé mes voisins, il y a dans nos vies tant d'épiceries pakistanaises, de tote bags tachés, de plombs qui ont sauté, de vis, de verres brisés, de bières au comptoir, de promesses non tenues, d'espoirs entrevus, de paroles sans retour, de baisers volés, d'amis chers et d'amis perdus, il y a tant de bus, de jardins, de saisons, d'amours non vécues, d'horloges, d'alarmes, de dessins, de salles de bains, de plantes, tant de paysages par la fenêtre, de conversations dans le salon, de films comme des pluies d'été, rafraîchissants, vite oubliés, il y a tant d'objets et de phrases et de regards qu'ils ne tiendront jamais ici, ni ailleurs, ni nulle part. On essaiera tout de même d'en retenir quelque chose. Un dessin brouillon et clair d'enfant, une pâte à modeler, un court métrage ramassé, désarticulé, sans autre forme que celle qu'on lui donnera.

Comme j'ai tout oublié, me voilà en position d'écrire. Je le ferai comme on le fait tous, avec mes absences, mes fantasmes, mes imprécisions, mes délires. J'ai tout oublié ; on peut y aller.

L'été. L'invincible été. Je ne pense qu'à lui, et pourtant, horreur : il est aussi dorénavant ce qui nous tue.

Notre inlassable aujourd'hui sera bientôt invivable – il l'est déjà en réalité. C'est grâce à lui que nous prenons enfin la mesure de ce qui nous arrive. Si l'on ne sent rien sur notre peau, on ne comprend rien ; c'est terrible et c'est ainsi. D'un paradis toujours recommencé il est devenu un enfer brûlant, une prison dont il sera bientôt impossible de nous échapper. L'été va tellement se répandre qu'il va engloutir toutes les saisons et devenir roi omnipotent ; et le rêve d'un éternel été est en train de devenir un cauchemar éveillé.

Tout nous renvoie à notre défaite. On ne peut plus voyager, avancer, vivre, on ne voit plus que ça, ici, là, partout – comme dans cette forêt au nord de Sacramento, en Californie, que nous traversons, Nina et moi. De tous côtés, le même paysage, la même dévastation. Le grand feu de 2020 a tout avalé. Les troncs noirs, enduits d'une couche grise de cendre, pendent, craquelés. Des arbres-allumettes rongés, pelés, cramés. Gris, gris-noir. Au sol, de timides repousses. Combien de temps tiendront-elles ? Combien d'étés verront-elles avant qu'un nouveau méga-feu les ravage à son tour ?

La ville de Paradise, de l'autre côté du lac, a été presque entièrement rayée de la carte lors de l'incendie de 2018, le plus meurtrier qu'ait connu cet État. Chaque été, désormais, les incendies se propagent en Californie et ailleurs. Une minuscule étincelle jaillie des poteaux électriques et c'est un monde entier qui s'enflamme et disparaît. Les températures atteignent des niveaux inégalés ici, et rien ne semble pouvoir arrêter l'inexorable avancée du feu.

Et l'été prochain, où que nous porterons notre regard, nous le savons, le même spectacle se répétera. Pourtant, l'enfant en nous se refuse à l'abandonner, à croire qu'il deviendra invivable, notre invincible été.

Il y a enfin celui qu'on n'oubliera jamais, l'été au cœur de tout.

Mon enfance est devant moi, chaque jour, je la regarde.

Elle l'est aussi littéralement, sur mon bureau. Mon frère m'a encadré cette photo. Nous sommes tous les deux assis à nos chaises jaunes d'enfant. Dans quelques

minutes nous nous glisserons dans nos lits superposés, moi en bas et lui en haut. La lumière est éteinte par nos parents et je commence. Je reprends l'histoire là où je l'ai laissée la veille. Je me lance dans un délire de super-héros, de bateaux et d'aventures. Je ne recule devant rien pour faire rire mon grand frère. J'exagère, je croise, tout est énorme, dément, dans cet espace-là tout est possible, je m'en rends compte alors. Mon frère rit, il est pris. Je continue. Et le lendemain je relance l'histoire dans une autre direction.

Dans cette chambre se constitue notre cosmos. On forme un duo parfait, tendresse et fantaisie, on s'entraide, on joue, on rit. Fred m'apprend à lire et à écrire, il prend ma main et m'emmène. Cet appartement qui surplombe Lyon est notre porte d'entrée dans le monde.

On descend le boulevard des Castors jusqu'au parc, on se jette sur les balançoires, on plonge dans la forêt un peu plus loin, on dessine dans nos cahiers, assis à notre petit bureau. Il n'y a pas de dimanches car il n'y a pas de répit, ma mère virevolte, mon père chante, ils nous emmènent, je vois les gestes simples, doux, le puits profond de jaune vif et de violet. Je vois les rêves du matin, les crêpes, les mains tendues.

Tout peut commencer.

Il y aurait donc une quête, sans nom, sans direction.

Je ne sais pas ce que je cherche, je ne sais pas qui tu es, je sais simplement que je veux danser encore avec toi, que tu es mon moteur et celui de mes personnages que tu fais courir dans la nuit. J'ai cru t'avoir perdue, plusieurs fois, j'ai appris à me passer de toi, mais tu reviens, toujours, et l'on nage dès lors encore mieux, d'avoir un jour coulé. Et tout reprend, je te cherche à nouveau derrière chaque regard, chaque instant, toi que je n'atteindrai pas, que je continuerai malgré tout à traquer.

Permets-moi de te dire tu, nous nous connaissons depuis un moment déjà, bien que je ne sache finalement pas grand-chose de toi. Où vas-tu, d'ailleurs, quand tu n'es plus là ?

Constamment se glissent entre toi et moi mille choses, les murs du réel, les nœuds du cerveau, la platitude, le vide, mais quand surgissent ces quelques notes que j'aime, là, j'arrive enfin à t'atteindre, je te prends la main. On pense que les mots nous éloignent des choses qu'ils désignent, or c'est précisément le contraire. On pense que nos corps nous empêchent, or ils sont nos véhicules. On pense que la musique n'est qu'une suite de sons traversant l'air, or elle ouvre des lignes directes entre nos cœurs et le monde.

Je ne sais pas si tu t'appelles intensité, ardeur, amour, littérature ou bien musique – tous ces synonymes –, si tu es enfin la coïncidence avec les choses, mais quand ce moment surgit, il n'y a plus d'interférence, je suis directement là, et c'est pour ça que j'écris, peut-être, pour enfin faire corps avec toi ; le temps s'ouvre comme une mangue et j'entre. Tu accélères et tu augmentes, tu densifies, tu élargis et tu creuses, tu dupliques le temps et ouvres l'espace. Tu es plus vraie que ce qu'on appelle communément la vérité, c'est toi qui nous fais avancer, et qui continueras à battre après notre mort dans d'autres corps que les nôtres. Et on ne fera finalement que ça, te chercher, trouver une manière de t'accueillir en soi, te donner une chambre à toi, entre les creux et les hauteurs, entre les meubles sans éclat, entre le sternum et le cou.

Je ne sais pas comment tu t'appelles,
feu, grâce, élan,
mais je sais
que je t'attends.

Satori

Avant, arrière, la mélodie résonne. L'instant suspendu, offert. Inatteignable.

Écrire, atteindre l'état d'exaltation où tout s'ouvre, où tout est permis. Écrire boire du thé du café sauter s'asseoir serrer les poings crier exulter, voilà pourquoi je le fais, j'imagine, sentir que le monde tient tout à coup dans une main. Illusion. Pas grave. Brusquement ça crépite et on s'élance.

On ne peut écrire que ce qui est déjà perdu. J'essaie vainement d'écrire ma Barcelone, ces années, et je comprends maintenant ceci : je ne pourrai véritablement le faire qu'une fois que je l'aurai définitivement perdue, si ce n'est la ville au moins cette époque. Ma famille, mes amis, mes amours, je ne peux les écrire, j'en suis trop près, je ne les vois pas, je n'y parviendrai qu'une fois qu'il sera trop tard.

J'ai ouvert les cartons. Toutes les lettres, les carnets, les photos en sont sorties. J'ai ouvert les cartons et quelque chose s'est déplié en effet. Comment ai-je pu oublier tout ça. Comment tant de joies et de peines envolées. Là tout à coup la puissance d'un moment qui m'aveugle. Je revois tout. En revanche, ce coup de poignard, ici, je ne le sens plus, je me demande même comment il a pu un jour traverser ma peau.

J'ai ouvert les cartons, pensant qu'ils m'aideraient.

Au cours du voyage que nous avons entrepris, Thomas et moi, en 2003, j'ai rempli plusieurs carnets. L'un, bleu turquoise, de voyage, l'autre noir moleskine, et celui-ci, petit, carré, marron cuir refermé par une bande élastique, dans lequel j'essayais d'écrire de maladroits poèmes, ou plutôt des instants que je m'étais proposé de fixer comme des insectes sur le cahier de l'entomologiste. Je m'étais dit voilà c'est ça, la vie, le voyage, une collection d'instants, de flèches, d'éclairs, rien d'autre. J'étais sidéré par ce que je voyais, par ce qui se déplaçait en moi. Je me sentais soulevé de terre. J'avais conscience que plus rien ne serait jamais comme avant. Le monde était vaste, furieux, sublime, cruel, plein d'aventures et j'étais dedans. Bref, je voyageais et j'étais exalté et fou. Et je voyais Uluru, la montagne magique des Aborigènes d'Australie, que les Anglo-Saxons ont nommé Ayers Rock.

L'ocre a inondé la vie. Les jours sculptent la pierre mieux que les hommes. Dans le jardin aux eucalyptus, les hautes falaises en feu.

Je descendais le détroit du Mékong et – n'ayez crainte, je ne vais pas reproduire ici ces tremblants poèmes de jeunesse, je constate simplement que l'objectif est resté. (Le lyrisme aussi.)

Je vais plutôt revenir – comme me le soufflent les spirales dans ma tête – à un été solitaire et pourtant bien peuplé. 2009, je crois. Je veux partir seul, tracer le grand demi-cercle Barcelone-Naples, l'axe des deux excentriques de la Méditerranée. Je fais du stop jusqu'à Avignon, retrouve le grand ami Steph, reste deux nuits sur l'île Piot. Puis un train m'emmène jusqu'à Nice, je bifurque vers Milan et plonge vers le sud. Allongé dans mon train qui cahote, je lis ce roman qui se déroule dans ce même espace clos et infini. Je me ferre au rythme des wagons identique à celui de la phrase. Fatigue nébuleuse, au matin, dans ce hall de gare où tout devient possible. J'arrive dans la ville aux collines et au grand feu, je monte les marches quatre à quatre. Des femmes sont assises sur des chaises, à l'ombre, des enfants jouent devant. Naples est tout aussi Naples qu'elle l'était dans ma tête, odeurs fruitées de tomate, d'ail, de sueur et de ruelles. J'arrive en haut, j'entre dans un bar. Une bière glacée au comptoir. J'ouvre le livre. Des cris par la porte ouverte. Plus de distinction entre dehors et dedans. Personne ne sait où je suis. Je souris. Ivresse des profondeurs. Je me tourne, une femme me parle. Je lui réponds. Elle rayonne. Je lui explique d'où je viens, je lui dis que j'arrive juste et que j'aime ce que je sens. Elle s'appelle Emma et ses longs cheveux noirs bouclés passent d'un côté à l'autre de son visage. Tout à coup elle aperçoit mon livre. C'est incroyable, dit-elle. J'ai étudié à Barcelone avec le type qui l'a écrit. Je souris. Je le connais bien moi aussi. Une autre bière. Son copain nous rejoint, blond flamboyant, soupçonneux, à quoi bon, tout va bien se passer. On rit tous les trois et je rejoins les rues en délire de la ville. Incroyable, mais tout l'est.

Des journées à courir sur les hauteurs. Les îles amalfitaines. Puis Rome, une fête et des mésaventures qui ne concernent que moi. Qui s'intéresserait en effet à ce type accablé de chaleur et de fatigue, sur ce trottoir d'une lointaine province de Rome, qui ne sait pas où il est, qui n'a plus de batterie à son téléphone, qui tend le pouce en désespoir de cause, qui voudrait étrangler les amis qui l'ont accueilli puis jeté à la rue, à l'aube et à l'improviste,

parce qu'il était *l'heure de partir* ? La douleur entaille le temps, plus encore que la joie. Mais peut-être y aurait-il quelque chose à garder de ces errements, des mauvais pas, des sorties de route.

Wrocław, plein hiver cette fois-ci. Matin de novembre, froid mordant sur nos corps las. Nous nous réveillons, Thomas, Julien et moi, dans un squat de cette ville de l'ouest de la Pologne. On se penche par la fenêtre fêlée, on regarde la neige tomber. On a dormi là, dans cette grande salle débarras, entre des mannequins cassés, des miroirs et des meubles récupérés dans la rue. Une musique résonne quelque part. New wave de fin d'un monde. Pologne, plein hiver. Les couleurs sont parties au lavage. Regardez les gars, j'ai crié à l'arrière de la voiture au moment de passer la frontière, regardez, y a plus de couleurs ! C'est fou. Tout est noir et gris brusquement. C'est le joint ou c'est la Pologne ? je leur demande. C'était la Pologne visiblement. On a atterri là, dans cet édifice de quatre étages squatté par des punks polonais. Un concert le soir, des bières, une courte nuit dans le froid et nous voilà ici, penchés à la fenêtre. On poursuit notre tour des marges et des souterrains de l'Europe de l'Est. En plein hiver, quelle grande idée. Thomas et Julien sont venus en R5 depuis Lyon me récupérer à Berlin, où je vis alors, et on est partis plein nord, Copenhague, avant de redescendre et prendre plein est, où nous voilà. Le voyage est difficile, puissant, vénéneux, on dort sur un bas-côté d'autoroute, en pente, à la frontière danoise, on dort dans des squats obscurs, dans des villes à oublier, mais il y a des percées de lueurs comme cette matinée à regarder la neige tomber entre les fumées d'usine, le froid se glisse par la fenêtre ébréchée, les immeubles noirs et moches ceinturent la cour, on se demande ce qu'on fait là et la neige répond pour nous. Il y a la beauté Prague aussi, et Vienne, la Slovénie, le nord de l'Italie, on fait de la route avec un Grec qui jongle à tous les feux rouges, mais c'est un voyage sous le signe des voiles et des sortilèges, comme ceux que nous jettent, aux abords du pont Charles, deux filles qui semblent passées de l'autre côté du rideau. Une route entière placée ainsi sous le signe d'étranges maléfices et d'obstacles désirés. On rentrera chez nous exsangues, transis, déplacés. Que demander de plus à un voyage ?

J'ai pris la ligne rouge jusqu'au bout. On était cinq à descendre dans le froid tranchant du Bronx de ce jeudi matin. J'ai mis mes mains dans mes poches, je suis sorti du métro et j'ai traversé le pont. De vieux journaux ont volé devant moi. Au loin, les pointes ailées de Manhattan. J'ai dépassé l'autoroute qui mène vers l'Upstate et j'ai pris à droite. La voilà, la fameuse Sedgwick Avenue. Enfin, fameuse, pas vraiment : pas un chat, pas une âme, un absurde ruban de route foireuse en bordure de colline s'ouvrant sur la voie rapide. Je regarde les numéros des maisonnettes. Il me manque un bout encore. Une voiture roule au pas à côté de moi. Deux gars passent de l'autre côté de la rue et me toisent. Je n'ai vraiment rien à foutre là, dans le Bronx, ce quartier nord de New York, à 11 h 10, un jour de Thanksgiving. J'enfonce mon bonnet sur ma tête, glisse un peu plus mes gants dans mes poches et baisse le regard. Encore une idée brillante.

J'arrive devant le numéro 1520. Deux immenses tours emboîtées, qu'on dirait carcérales, des appartements n'offrant que d'infimes meurtrières sur l'extérieur. C'est ici, en août 1973, qu'est né le hip-hop. Ici que DJ Herc a organisé les premières *block parties*, dans la cour intérieure de cet immeuble, fêtes endiablées au cours desquelles il jetait du feu sur ses platines, brusquant les rythmes et ouvrant ainsi la voie à un nouveau son et un nouveau monde. Je m'approche de l'entrée. Deux voitures zonent devant l'immeuble. Je fais marche arrière, retente finalement ma chance. Devant la grille d'entrée, je me demande ce que pourra bien m'apporter cette hypothétique et inatteignable cour intérieure – je reprends ma route.

Je traverse ainsi le Bronx pendant trois heures. Je raconte ce que je vois dans *Libération*, le journal de ma jeunesse dans lequel je tiens alors une chronique.

Je dépasse les trottoirs fêlés, les bandes de potes qui glandent, les regards las. J'écoute les morceaux qui sont nés dans ces parcs et ces appartements alors en ruine, mixés par Grandmaster Flash et Afrika Bambaataa. Dans Nelson Avenue, un gars est stationné, deux mégaenceintes dans son coffre balançant un son trip-hop qui entre droit dans le bas-ventre. Une imposante femme sort du supermarché discount, les bras pleins de sacs. Deux gosses tapent dans une bouteille. Je suis le seul Blanc. On est à douze kilomètres de l'Empire State Building. Je voulais revoir ces rues pour les peindre dans le roman que j'écris en ce moment. Je n'ai rien à faire là mais j'ai l'impression, ce matin, de sentir quelque chose qui bat dans le creux de ma main.

Je redescends la colline, entrevois le fleuve ; le maillage s'ouvre un peu, je respire. Puis je m'égare à nouveau, me retrouve aux abords d'un parking abandonné rempli d'épaves. Je cherchais certainement à me perdre ; j'y suis parvenu.

Je me fraie finalement un chemin jusqu'au pont de la Troisième Avenue, dont j'emprunte la petite passerelle. J'observe le ballet autour d'un accident sur la quatre-voies, l'engueulade, les deux voitures ventres en l'air. J'arrive de l'autre côté du pont : Harlem. Un autre monde, fait de *brownstones* – ces maisons en grès rouge – et de rues apaisées, de restaurants gentrifiés et de quiétude de jour férié. Je cherche les traces d'un passé mouvementé, dont il ne reste que quelques plaques au mur, des noms d'avenues, comme Malcolm X Boulevard, ou l'enseigne de l'Apollo, temple de Billie Holiday et de Marvin Gaye, qui pend tristement au loin. Je mange un délicieux ramen et reprends ma route vers le sud.

Central Park se dessine devant moi, ses petits chemins de terre craquelés de givre. Je longe les massifs, une mère de famille promène ses deux enfants en costumes cintrés. Après une petite colline, je bifurque vers la gauche et l'Upper West Side, où vivotent les plus grandes fortunes du pays, et où tout est encore plus fantomatique et lénifiant que d'habitude. La dinde doit être au four dans la maison de campagne des Hamptons. Je traverse des boutiques illuminées de mille feux et entièrement désertées. Madison Avenue. Un portier afro-américain, posté dans le froid cinglant, ouvre délicatement la porte à un couple de vieux millionnaires qui peinent à marcher. Les hautes tours de Midtown se dressent devant moi, et l'excitation tremblante du cœur de la ville. Je dépasse comme à chaque heure des personnes allongées sur des cartons défoncés, traverse l'avenue dans la fumée s'échappant du sous-sol. Sur ma droite, tout à coup, un reflet de lumière. Je connais cette tour. Son nom brille en lettres dorées : Trump Tower. Devant, quelques gardes distraits. Juste à côté, l'immense immeuble de la marque de joaillerie

Tiffany est entièrement recouvert d'une photo qui vient de faire le tour du monde. On y voit, fiers et puissants, les deux maîtres du jeu, Jay-Z et Beyoncé, elle debout et lui assis. Le rappeur roi s'est grimé en Basquiat, ses dreads pareillement montées en auréoles. La chanteuse pose en reine. Derrière eux, le sublime vert turquoise d'une des toiles du grand disparu, *Equals Pi*, dont ils jouissent chaque jour de la vue. Chacun règne sur sa tour, en un parfait instantané de notre temps. Tout se recycle, tout s'achète, y compris le génie abrasif de Basquiat, argent comptant et merveilleuse monnaie d'échange. Tout se transforme, tout se vend. Je me retourne et replonge vers le sud.

Dix ans plus tôt, j'entre pour la première fois dans Brooklyn. Grâce à l'argent d'un prix littéraire reçu pour mon premier roman, j'atterris en plein dans mon rêve. Je reste deux mois dans une chambre d'une maison familiale, à côté de Prospect Park. Toute la journée j'arpente le territoire fantasmé, je confronte les songes au macadam, sans l'ombre d'une déception. J'ai mal aux pieds, dans mes sneakers jaunes et bleues, tant j'arpente et cavale de tous côtés, The Rapture et The Strokes dans les oreilles. Je me sens léger, aérien. Chaque nuit je repars dans l'autre sens, à bord du F Train, rempli de sons, d'odeurs, de visions.

Ce voyage, par une sorte d'étrange alchimie, me donnera la couleur d'un livre, des années plus tard, *Eroica*, consacré à Basquiat et à sa ville. Le voyage suivant, en 2021, dont je viens de raconter une des traversées, je le réalisai dans un but précis, achever le roman musical et familial que j'avais entamé le 3 janvier et finirai le 26 décembre, précisément à mon retour de New York, *Variations de Paul*. Deux des mille manières qu'ont de communiquer l'écriture et la vie. Elles peuvent être étanches, ou s'imbriquer de manière aléatoire ou planifiée, elles peuvent fusionner, l'une peut précéder et anticiper, l'autre peut venir troubler, modifier, elles peuvent se succéder mais aussi se déformer, elles se chuchotent des choses mystérieuses à l'oreille et nous les regardons faire, curieux, à l'écart.

Ces processus à l'œuvre sont amusants à observer, impossibles à déchiffrer. J'adore, par exemple, cet état d'extrême attention au monde que provoque en moi le fait d'écrire, en particulier un roman. Lorsqu'on écrit une fiction, tous les sens sont aiguisés, affûtés, tendus, tout peut potentiellement entrer dans le livre, on se rend disponible aux choses, tout fait sens en regard de cet autre côté du miroir qu'on est en train de tailler, tout le reflète et s'y reflète, et le monde prend dès lors une densité nouvelle, augmentée, comme extraite de ses murs parfois écaillés – et n'est-ce pas, finalement, le but ultime de tous nos gestes ?

Je pensais à cela, en ce mois de décembre 2021, en relisant à l'aune de l'année écoulée ce roman que j'étais en train d'achever – les douleurs et les espoirs, les éclairs et la nuit, et la manière dont tout ce que j'avais ressenti s'était métamorphosé dans ce livre comme dans un rêve, transformé, fantasmé, littéralement déliré. À l'aune de l'année où il a été écrit mais aussi toutes les précédentes, et celles d'avant ma naissance, puisque pour la première fois j'avais écrit aussi près de ces existences-là – pourquoi maintenant et pourquoi comme cela, je ne le sais pas, peut-être l'âge (quelle horreur), peut-être une envie de s'assumer plus pleinement à l'intérieur d'un roman, ou bien parce que la musique, qui en était le nœud et le pivot, m'y avait naturellement mené, comme une mélodie vous porte aux larmes sans que vous sachiez pourquoi. Ou peut-être simplement le besoin d'un refuge au cœur de la tourmente.

Je me vois le relire, dans ce salon du loft qu'on m'avait prêté, le froid dans les jambes, les perroquets verts qui chantaient dans la cour. Je me vois pleurer en le lisant, à chaque fois, mais jamais au même moment. Il me ramenait à ces mois d'orage où j'essayais, pauvre alchimiste, de transformer le plomb en autre chose. Certains de ces passages, écrits six mois plus tôt, étaient en train de se dérouler sous mes yeux avec une troublante exactitude, de situation et de lieu. Mais je pleurais surtout parce que le livre prenait appui sur les jointures et sur le bâti, l'enfance, mes parents et mon frère, pour ne pas couler. J'étais allé chercher, sans en être conscient, le réconfort de la structure pour raccommoder ce qui se délitait, pour chasser les ombres. Les poutres tenaient, et moi, dessous, je pleurais.

L'écriture est ce lieu à la jonction du rêve et du réel grâce auquel on perçoit mieux et plus fort ; et puis il y a aussi ce moment de la non-écriture, quand on relâche l'effort et qu'on prend de l'élan pour la suite, lorsque la vue est encore tendue vers, où l'on capte avec plus d'intensité, où les éléments pourtant disparates et insensés du monde prennent tout à coup une signification et un relief nouveaux. Alors tout rentre dans le roman en cours (qui tranquillement continuait à travailler alors que nous ne travaillions pas), l'espace entre la fiction et le réel devient d'une porosité extrême et les passages entre les deux se multiplient. Un jacaranda en fleur de Mexico vient naturellement prendre sa place en page 242, un regard pris en plein visage change le cours d'une phrase, une angoisse devient le nœud central du personnage du frère, un élan brusquement retrouvé et une ambition ancienne donnent consistance à sa sœur, un moment fugace et souverain dans une fête quinze ans auparavant, où une belle inconnue m'avait maquillé puis embrassé, s'insère sans que je le voie venir dans le parcours de cette jeune fille et fait tout basculer. En ce sens – et dans tous les autres en réalité – l'écriture est un songe éveillé auquel elle emprunte ses procédés, agençant de manière aléatoire, inconsciente et folle les informations, émotions et sensations engrangées au cours d'une vie.

La réciproque est également vraie : ce qui a infusé dans l'espace en retrait et secret de la fiction vous revient souvent comme un boomerang dans la gueule. Après des années, les choses relatées flottent autour de vous avant de brusquement ressurgir, des personnages fictifs viennent naturellement trouver leur place dans votre existence, la disparition d'un personnage devient tout à coup celle de votre amante, des fantasmes prennent vie – et j'espère d'ailleurs secrètement que la trajectoire du personnage principal de ce roman, Paul Maleval, qui meurt et renaît tout au long du livre, pourra être la mienne. Qui sait, le réel s'adapte souvent à nous, accueillons-le aussi avant qu'il ne frappe à nouveau.

J'ai écrit il y a dix ans une scène sur la fresque murale peinte par Keith Haring à Pise, dans un chapitre de mon roman *Eroica* intitulé « Pise-Babylone ». Des années plus tard, par hasard, je me tiens devant elle, sur le mur arrière de l'église Sant'Antonio. Elle était deux fois plus grande dans ma tête. Lorsque j'ai découvert, lors d'une exposition autour de Basquiat à Paris, *Head*, *Eroica* ou *Grillo* (que j'avais maladroitement essayé de décrire), et que je les ai vus bien plus flamboyants et ardents encore, si merveilleusement composés, un vertige m'a pris, comme si la fine pellicule entre les mondes s'était entrouverte et que j'étais dedans – coincé ou libéré, je ne saurais dire.

La porosité entre ces espaces est infinie, à tous les niveaux, comme dans ces scènes que l'on imagine pour qu'elles n'adviennent pas, dans un geste étrange et presque magique : la mort des parents, la fin de l'amour, notre propre disparition.

Et puis il y a les gestes que nous réalisons nous-mêmes pour essayer de relier le fantasme et le réel. Au dernier jour de ce voyage new-yorkais que j'évoquais, je suis entré dans le cimetière de Green-Wood, à Brooklyn. Mon roman s'achevait là, devant la tombe de Basquiat, où le narrateur venait chercher un peu de l'énergie de celui qui y est enterré, pour vivre et pour écrire, sabrant au passage une bouteille de champagne sur le rebord de la pierre. Ce narrateur était un peu moi, bien sûr, moi qui n'avais jamais vu l'ombre de cette tombe. Alors, ce jour-là, j'ai longtemps cherché dans les sublimes travées du cimetière teintées d'orange et de vin. J'ai failli perdre espoir. Le soleil déclinait, la lumière aussi, mais où était-il ? Et puis je l'ai finalement trouvé, dans cette rangée de petites tombes alignées. Je me suis assis dans l'herbe, j'ai regardé le soleil se coucher derrière la pierre discrète. Un dimanche soir d'hiver à New York. J'ai fermé les yeux et j'ai refait toute l'histoire. Le gamin né à côté d'ici, le gosse des rues, l'enfant génial, l'ardeur et la fêlure, le grand œuvre, la chute. J'ai posé ma main sur la pierre froide. J'ai serré les mâchoires. Je me suis levé lentement dans la lumière rose et rasante. Je n'ai pas eu besoin de l'emmener avec moi, il y était depuis longtemps déjà.

Que cherche-t-on, par de tels gestes un peu vains,
par ces plongées dans des feuilles blanches ?

Peut-être cela : ouvrir enfin les portes,
et que les choses circulent.

Tenir ensemble les fils

Pas de sens, bien sûr, aucun, mais peut-être une quête. Pas sûr, essayer quand même, voir si une flèche, une inclinaison, un dessin. Une direction, mais laquelle ? Entrer dans les choses, percer la toile ? Je descends la rue de Belleville dans la chaleur d'un soir de juillet. Le *je*, ici comme ailleurs, n'a aucune importance. Il n'est qu'une manière de traverser la matière, un passe-droit, une incarnation éphémère d'une tentative plus large et plus lointaine, qui ne m'appartient absolument pas. Je descends donc la rue Verdi à Barcelone, la rue Lavapiés à Madrid, le petit chemin vers la plage de Biscarosse dans les Landes. Je ne fais qu'emprunter des rues et des sentiers pour traquer les apparitions. Voilà. Les instants très brefs et si rares où l'heure s'ouvre et nous invite. Où tous les lieux et les temps circulent, se rejoignent, s'allient. La lumière orange des fins de journée à Berlin. L'air lourd de bords de mer oubliés. Le vent frais de l'Atlantique. Pas de sens, bien sûr, mais des lumières. Des couleurs, des désirs, des rêves. Des saisons. Des allées et venues mais pour quoi. Vers quoi. Toujours partout cette légèreté qui mute en poids, cette épaisseur qui devient musique. Je suis assis sur un balcon étroit, dans un hôtel qui s'ouvre sur la mer. L'air sec de Bandol de ce côté-ci du rideau. Nous sommes si jeunes, Anne et moi, et tout à coup une pesanteur qui ne nous correspond pas, dont nous ne savons que faire. Nous sommes là dans des vacances d'adultes et pas taillés pour ça. Que faire dans cette chambre aux tentures épaisses, un soir d'été, quand la vie crépite partout autour ? Nous partons marcher dans les rues bondées du port de plaisance, nous buvons peut-être du vin, nous n'arrivons pas à être vraiment là. Son père est mort et sa mère est malade. Cancer à double bande. Que faire de tout ça ? On revient à l'hôtel, on étouffe dans cette chambre, l'air stagne aux portes-fenêtres. Anne a dix-huit ans, c'est beaucoup trop tôt. Elle tient debout pourtant. Il y a dans son œil une malice mélancolique, un lac bleu clair qui me bouleverse. Elle a cette grâce fébrile toujours au bord de la chute ou de l'envol. J'ai découvert l'amour dans ses bras. J'ai vécu mon western et ma première défaite, plongé dans la grande aventure. Elle tenait un soir d'automne un ballon de baudruche rouge accroché au doigt. J'ai couru derrière elle sur le petit chemin en pente. Dans la nuit glacée on s'est embrassés. L'intensité dans le noir ; puis nous avons pris feu. Et il y a eu des cendres, et Bandol nous sommes trop jeunes pour ça. Nous rentrons plus tôt que prévu, c'est insoutenable d'être un garçon et une fille dans un hôtel aux tentures si lourdes. Toujours ce sera l'aventure et la tristesse, être deux dans une chambre qui se referme. Sur nous un poids immémorial, or nous devrions danser. Trois mois plus tôt, nous regardons *The Truman Show* dans le canapé du salon, à Craponne, chez mes parents. Nous arrivons vers la fin, Jim Carrey fend les flots pour atteindre le bout de l'océan et du monde, là où le réel s'arrête et où le show commence. Sa vie est un spectacle, il vient de le découvrir, et au bout il y a un décor, la mer est un mur, de l'autre côté on filme Truman et on le regarde. Il crie, s'agite, navigue, quand le téléphone, de ce côté-ci du rideau, sonne. Je me lève, passe la porte et décroche le combiné dans l'entrée. La voix de la tante d'Anne. Il est mort, elle me dit. Souffle coupé. Elle dit des choses terribles ensuite, que je n'ai pas réussi à oublier. Je raccroche, retourne dans le salon. Jim Carrey est arrivé derrière le décor en carton-pâte. Des éclairagistes, des cameramans, des réalisateurs. Je prends lentement la télécommande, appuie sur pause, le spectacle s'achève. Je m'assois. Et je dis à Anne ce qu'on ne devrait jamais devoir dire à personne, et encore moins à la fille que l'on aime. Je la serre dans mes bras. Il faut tenir maintenant, au moins jusqu'à ce que mes parents arrivent, jusqu'à ce que la nuit veille sur notre insomnie, jusqu'à l'espoir d'un nouveau jour.

À Lindos, sur la côte est de Rhodes, sous le grand ciel, j'essaie de reprendre mon souffle. C'est la nuit pleine et la chaleur est si étouffante que je suis sorti de ma chambre pour m'allonger sur le toit, sous les étoiles reliées en chapelet. Je vais dormir là. Deux ans peut-être ont passé depuis Bandol et j'ai réussi à faire ce qui devait être fait, m'éloigner de sa tristesse que je ne peux dissoudre ni résorber. Rejoindre mon âge et l'élan qui devrait me porter. Mais Anne flotte encore dans l'épaisseur des nuits de Rhodes, où nous sommes venus avec mon frère et mes parents, nous échangeons des messages qui nous déchirent, jalousie, manque et ressentiment mêlés. Je me lève et marche sur le toit, découvrant ce que la douleur d'une séparation veut dire – s'extraire une dent sans anesthésie – à laquelle vient s'ajouter la culpabilité de l'abandon. Car entre-temps une main m'a emmené ailleurs, traçant dans son sillage un dessin des possibles. Je voudrais ça. Oui mais comment partir. Anne a rencontré elle aussi quelqu'un mais elle hésite, et je doute, on voudrait le nouveau et l'ancien, et je peine à m'endormir sur ce toit brûlant.

Vingt-deux ans plus tard, je suis de retour sur l'île de Rhodes. Ta figure à toi, Nina, si bien tracée, si élégante, court sur les roches. Apaisé et heureux je suis, apaisées les roches aussi. Kos, Kalymnos, Symi. Émerveillement des façades italiennes beige crème découpant la colline. La pierre, partout la pierre légère et partout le bleu. Vivre ma vie en bleu voilà ce que je voudrais. Je veux le bleu tout entier, vertige et peine, ciel et ivresse, le bleu dans toute sa tristesse et sa ferveur, je veux la Grèce et l'oubli de soi, la mélancolie et le désir, tout.

Skýros, dans les Sporades, deux ans plus tôt. Julieta est là et tout à coup je prends la mesure de ce qui va arriver. Ça se passe en un instant. Je nage avec elle dans l'eau terriblement cristalline et un bloc de béton s'écroule en moi. On n'y arrivera pas. On ne parviendra pas à faire converger ces deux trajectoires pourtant si imbriquées. Frères sœurs âmes sœurs. Douze années main dans la main, une seule joie à deux voix. L'eau turquoise, mes pieds sur les galets, mon monde s'effondre. Tant de batailles en moi. Je tombe dans l'eau grecque. Je mettrai une année entière à me relever, une année tout au fond de l'eau. Tout était pourtant là, contenu dans le bleu, je le savais, envol et chute, à prendre ou à laisser. J'ai tout pris et je suis tombé. Je le savais déjà lorsque j'ai fait ce pacte, deux décennies plus tôt, je me souviens du jour et de la lumière, devant la salle de bains de notre maison à Craponne. Je me suis regardé dans le miroir et j'ai chuchoté en dedans, la vie sera merveilleuse et terrible, tout mêlé, et je suis prêt à prendre ce risque pour les hauteurs. Je savais et en réalité je ne savais pas ; cette année-là je suis descendu à des profondeurs insoupçonnées. Détestables. Affreuses. Dont on ne revient pas avec en bouche un « j'en sors grandi, renforcé ». Non. La vraie douleur écorche vraiment. On s'en passerait aisément.

Je me trompe peut-être, je dois confondre avec un autre pacte, devant ce même miroir. Je viens d'avoir vingt et un ans, je suis de retour du long voyage et j'ausculte mon visage. J'y vois des choses nouvelles, une peau plus tannée, un éclat mat, mille joies, des épreuves, je vois que les lignes ont bougé. Alors je me dis, je me souviens, une phrase qui me surprend, je me dis, maintenant oui peut-être, si tu le veux vraiment, maintenant oui peut-être pourras-tu écrire quelque chose, peut-être pourras-tu devenir écrivain. Non pas parce qu'il faut avoir vécu pour cela, prérequis, blessure nécessaire ou autres bêtises, non, mais je pressens qu'il faut aller voir au bout des choses, vie et écriture, les deux. Sinon aucune des deux lignes ne vaudra.

Peut-être que je n'intervertis pas les moments et les pactes, peut-être que c'était le même, dans cette salle de bains de notre étage, où nous avons tant fait de folies, mon frère, mes amis et moi. Et que je confondais déjà, à dessein, l'écriture et la vie.

Une histoire du bleu

Nous sommes tous des détectives. Armés et flegmatiques, nous partons en quête, nous cherchons à résoudre le mystère. Protéiforme et fuyant, séduisant, redoutable. Nous affûtons nos yeux et nos neurones pour percer la toile et lui faire rendre sens. Rien. Nous poursuivons malgré tout. De mystères, il y a plus d'un et nous sommes si dépourvus. Pourquoi être, comment, vers quoi, depuis où. Le tout, le rien, l'univers : dans toutes les configurations, l'énigme demeure. Nos piteux assauts n'y feront rien. Il y a un vertige bleu profond derrière le mur du réel, d'où qu'on le regarde, d'où qu'on s'y penche.

Ma petite enquête je voudrais la mener là, vers le bleu. Perdre pied dans la mer et l'instant. J'ai peur, je n'ai pas peur, l'histoire est effrayante, sidérante. Nos recherches ne s'épuiseront jamais, ne se résoudront pas. Le mur de la fin du monde émet un son lorsqu'on le touche avec un bâton. Je voudrais vivre dans le bruit des bruyères fouettées par le vent. L'existence se suffit à elle-même, il n'y a aucune explication et pourtant on aimerait savoir.

On pourrait partir de n'importe quel petit caillou, les Beatles ou la Papouasie, les premières odeurs, les livres aimés, n'importe quel bleu. *Je pars d'un point et je vais le plus loin possible*, disait l'oiseau Coltrane, et il le faisait en effet.

Le bleu de Perse, vif, violacé, halluciné.

Le bleu pétrole.

Le bleu éberlué de la mer Égée.

Le bleu térébenthine des après-midi fiévreux.

Le bleu de mes jours enfouis dans les plis.

Le bleu des yeux de mon frère.

Le bleu grec à l'intérieur duquel on voudrait vivre, où l'on se nourrirait de livres et d'olives, de poissons frais, assis au bord des falaises.

L'azur des matins du monde.

Le bleu cobalt des fonds marins, dans lesquels nous avons plongé et où j'ai cru mourir – je ne respirais plus, tétanisé par la peur, bloc de marbre soudain, et j'attendais la fin. Vertige de ce bleu-noir profond, si habité.

Le bleu égyptien que j'ai trouvé dans les encres et les stylos.

Le bleu nuit du lieu où je t'ai rencontrée.

Le bleu outremer, que j'ai trop peu vu, que je guette.

Este azul curará tus heridas, ce bleu guérira tes blessures. Je ne veux plus rien savoir d'elle mais je garde cette phrase. Elle désignait du regard le bleu étourdissant des vitraux de la cathédrale de Séville. Je pleurais dans les escaliers, dans la nef, pris en pleine tempête. Regarde ce bleu-là, il pansera tes plaies. C'était un bleu térébenthine, puissant, apaisant, d'une beauté rare. Pour autant, il n'a rien pu faire.

Le bleu âpre et saphir de cette nuit. Je marche dans la rue Roger-de-Flor, à côté de l'Arc de Triomf de Barcelone. J'ai vingt-quatre ans, je viens d'arriver ici, je serre les poings. La liberté bat violemment dans mes mains. Je peux presque la tenir. Je suis en train de changer de nom, ma peau mute un peu plus chaque jour. Je vis dans un appartement où tout est électrique, démentiel, romanesque. Je me réinvente et plonge dans le bleu fauve de la nuit.

Le bleu ample de ma vie, dès lors, ici.

Le bleu électrique des après-midi dans le Born, sous les toits, à chercher ma voix.

L'indigo de mes rêves, le cyan que j'attends.

Le bleu céruléen des rivages de la Méditerranée.

Le lapis-lazuli que l'on voyait en poudre dans les marchés d'Asie.

Le bleu clair de mes ciels enfouis.

Le bleu smalt, déchirant, de la chanson de Joni Mitchell.

Tous les bleus à venir de nos vies.

Et après, promis, c'est fini.

La vie Varanasi

Je remonte la rue, louvoie entre les vaches, les tuks-tuks, rebondis sur un pavé fendu, évite une bouse, un vendeur de couronnes de fleurs, un sadhu orange safran, je dépasse le chariot d'un vendeur de chai dont les effluves cannelle girofle ont déjà remplacé mon sang. La rue est étroite et je louvoie. Je vis dans une odeur aux mille bras, encens curry safran animal pourriture bois et sève mêlés. Je vis dans le jaune. La rue trace des coudes, et des coudes, encore une vache, immense, indépassable, jusqu'à l'angle que je connais. Chaque jour je me rends ici, dans cette rue dont j'ignore le nom, qui serpente au milieu de Bénarès, ou Varanasi, en bordure du Gange, pour retrouver cette cabine téléphonique. Je compose un numéro français. On me fait patienter au standard. Un éditeur de Saint-Germain-des-Prés doit me dire si la nouvelle mouture de mon manuscrit lui convient et s'il compte toujours le publier à la prochaine rentrée littéraire, auquel cas je devrai rentrer. Mon premier livre. Non désolé il n'est pas là veuillez rappeler demain. Je replace le combiné et repars dans les ruelles. On entend la rumeur à quelques mètres, un cercueil arrive sur la gauche, porté par des hommes droits, je me glisse dans son sillage. Ils arrivent au ghat décisif, celui que je guette, que je rejoins chaque jour.

Je m'assois au bord, délicatement, sur les pierres vieilles de mille ans. J'achète un chai au vendeur ambulant et je lève lentement les yeux. Les hommes sont rassemblés autour du promontoire. Un corps brûle présentement devant eux. Ils déposent des fleurs sur le tombeau, pendant que les soutiers du feu ramènent des braises. Les flammes ne s'achèvent jamais ici. Les femmes ne sont pas admises sur le promontoire, depuis, dit-on, qu'une veuve s'est éplorée auprès de son mari défunt ; trop de larmes.

Je retiens mon souffle. On est au bord du monde, là où les âmes stagnent ou rejoignent l'autre côté, là où les corps s'évanouissent en cendres et en fumée. Un autre corps déferle du haut de la rue et prend sa place dans la file. Je m'emplis de la puissance du lieu. Le sol et les pierres sont noirs de suie. La mort a une odeur de bois de santal et de manguier. Le Gange coule à nos pieds.

Je reviens chaque jour sur le Manikarnika ghat, le soir parfois aussi. À chaque fois la magie et la dureté du lieu me chamboulent. Quelque chose se joue ici. Les corps glissent dans le Gange, vers l'autre rive ou vers l'océan. Je m'assois et je bois mon thé. Comment peut-on mourir autant ?

On loge dans une petite chambre plus bas le long du fleuve, là où les escaliers s'ouvrent sur une esplanade. Les enfants courent en tous sens portés par les fils de leurs cerfs-volants. L'Inde nous abreuve et nous renverse. Comment une telle chose peut-elle exister ? Comment tant de puissance à la fois ? On oscille, Ari et moi, entre émerveillement et saturation, pris dans l'aventure et ses filets. Des mois que l'on traverse le pays en suivant les aiguilles d'une montre, éblouis, excédés. Les lieux ont une force ou n'en ont pas ; celui-ci en a une démesurée.

Ahmedabad, capitale du Gujarat. On s'est éloignés de notre hôtel de traviole et du vendeur du chai que l'on boit le matin, on est arrivés sur cette petite place encastrée entre des immeubles gris cendre. Une odeur brutale nous prend. On s'approche, quelques étals, un marché. Une odeur âcre, viscérale, venue du fond des êtres. Sur les tables jetés là d'énormes morceaux de viande. De la chair nue, de la barbaque à plein nez. Des jours déjà qu'elle est étalée là et les vautours le savent. Grandes ailes qui claquent au-dessus de nous. L'ensemble de la place vibre avec une intensité folle. Il se passe quelque chose, on le sent, tout tourne dans un grand ballet, les vautours tracent des cercles, et les voilà qui fondent sur la viande, à même la chair rougeoyante. Une vision d'outre-monde. Un homme tente de les faire fuir. Crissement de plumes. L'appareil photo d'Ari fait clic.

On s'enfonce dans un espace qui nous dépasse. C'est un voyage dense, profond, qui déstabilise et qui creuse. Il est là pour ça. Ari est elle aussi un oiseau sauvage, plein de fantaisie et de poésie, tout le monde la considère ici comme une des leurs. On a vécu ensemble depuis le jour de notre rencontre, elle m'avait laissé les clefs au matin, dans la main, garde-les si tu veux, et je voulais. Son appartement donnait directement sur la rue, à côté du parc Güell et de la maison de Schönberg, sous les cerisiers en fleur. On partira vivre à Madrid, au cœur d'un été brûlant, mais pour l'instant on s'émerveille des temples du Tamil Nadu, de la jungle du Kerala, de la profusion des villes du nord, on s'épuise, on est éblouis, trains bondés, rues débordantes, aucun sens en repos, rose Rajasthan, vertige des chambres d'hôtels peuplés de singe et des nuits sans lune, des pas glissants, de la danse partout – on est sous la lunette du microscope et ça vit comme jamais.

On est dans un train qui trace sa route vers le sud, janvier 2010, trois mois déjà de voyage, je suis à fleur de peau. Je suis allongé sur ma banquette, c'est la nuit, je dors. Le wagon cahote légèrement. Je sens tout à coup un grand poids tomber sur ma poitrine. J'ouvre les yeux : un type s'est allongé au-dessus de moi. Là, comme ça, entre mon corps et le haut de la couchette. Il a dû considérer qu'il y avait assez d'espace pour y glisser un autre corps, en l'occurrence le sien. Je me lève en sursaut, le repousse. Je ne devrais pas, évidemment, mais merde est-ce qu'il est vraiment nécessaire de s'allonger *sur* quelqu'un ? Inde, comment ne pas t'adorer et te détester, où que l'on pose nos yeux d'autres nous observent, les vivants s'endorment entre les briques, vieillards, éclopés, revenants, en nombre et tout le temps, partout le baigneur remplace dans sa bouche l'eau sacrée du Gange par le jus rouge du tabac, qu'il fait tourner longtemps avant de le recracher en une longue traînée. Inde, tu tends le cliché pour te faire battre, si quelqu'un n'est pas en train de prier c'est qu'il est mort, mais tu colles aux vêtements, comment ne pas t'aimer et vouloir t'oublier.

J'étais reparti de ces cinq mois submergé par les émotions et à bout de nerfs. Je ne voulais plus en entendre parler, mais plus les mois et les années passaient, plus l'Inde montait en moi, m'obsédant, s'immisçant comme une lame ou comme un mauvais rêve. Je voulais la sentir à nouveau sur ma peau.

Et me revoilà, dix ans après, et l'Inde me submerge une nouvelle fois. Tout est trop intense ici, trop sensitif. Pourquoi revenir alors ? Parce que je dois chercher ça.

Avant d'arriver, il y a eu la beauté de l'Himalaya. Quinze jours de marche autour de l'Annapurna. Les plus flamboyants paysages et le plus beau voyage de ma vie.

L'aventure folle de deux corps lancés vers les hauteurs : l'équipe à toute épreuve, Julieta et moi, la jungle, les sommets enneigés, les heures de marche, l'effort, le cœur qui subit l'altitude, les villages jaune et bleu, l'éclat de l'air, l'arrivée au sommet, l'émotion venue de très loin, de tout au fond, la redescente, le désert du Mustang, le rouge tout à coup, les jours d'épuisement, les yacks, la vallée infinie, le retour à Pokhara. L'éblouissement.

Après cette montagne magique, nous descendons vers l'Inde. Bénarès d'abord, où l'émerveillement reprend là où je l'avais laissé, puis, au bout d'un long train de nuit, Calcutta, où nous nous installons dans un appartement du quartier de Kalighat. Las, les yeux encore remplis de sommets et de neige, on s'allonge sous les pales du ventilateur et on reprend notre souffle. Lorsque la chaleur s'apaise enfin, on s'élance dans les rues, plus amples et calmes qu'à Bénarès, scandées par le jaune et noir des taxis, et leurs banquettes d'arrière-monde, dont la cadence tout à coup s'accélère. On gagne le quartier des librairies, extraordinaire succession de bouquinistes miniatures. Tout autour de l'université fleurissent ces petits stands peints en bleu, où romans, livres universitaires de médecine, droit et histoire s'étalent en anglais, hindi ou bengali, biographie de Marx ou dernier roman de Salman Rushdie. On s'assoit dans le café le plus célèbre de la ville, l'Indian Coffee House, inauguré au

XIXe siècle, et qui a conservé son élégance surannée. Dans cette grande salle aux hauts plafonds, sous les dizaines de ventilateurs, des étudiants, des professeurs, des intellectuels lisent et conversent depuis des années. Sous le portrait de Tagore, l'écrivain national qui vivait ici, on écoute le bruit du temps qui s'écoule dans cette ambiance désuète, les serveurs passent coiffés de blanc. On guette les fantômes.

On prend le pouls de Calcutta, la plus agréable métropole de l'Inde, moins inhumaine que Delhi, moins tentaculaire que Bombay, elle marche d'un pas élégant, aérienne sous ses tilleuls et ses frangipaniers, elle sait ménager des recoins sous la fureur, elle a le port altier et la mine fière. On marche au milieu du fascinant marché aux fleurs qui s'étend le long du fleuve, sous le pont massif – tohu-bohu de jaune et d'orange, œillets à la main et au cou, qu'on transporte par kilos vers les temples, les commerces, les maisons. La journée s'achève au bord d'un lac où les jeunes se retrouvent à la nuit tombée, où ils peuvent enfin s'embrasser en toute impunité. On se tient la main – on le fait de jour aussi. La couche de bruit lentement retombe.

Nous nous préparons à aller traquer l'ombre d'un fantôme, barbe fournie, famélique : Nicolas Bouvier. Après son arrivée à la passe de Khyber, à la frontière de l'Afghanistan et du Pakistan, où s'achève *L'usage du monde*, l'apprenti-écrivain traverse l'Inde, voyage qu'il ne racontera nulle part et qui demeurera l'angle mort de son épopée, dont on ne saura que ce qu'en disent quelques lettres et articles, et qui demeure pourtant une parenthèse presque enchantée, une pièce centrale de sa traversée.

Il y aura vécu, comme partout, des épiphanies, moments de fulgurance qui sont le cœur battant du voyage, cet accélérateur de particules : « Je sentais l'Inde s'étendre autour de moi dans les quatre directions de l'espace et la vie comme une main qui avait rejoint la mienne. Il n'y a pas de mots pour ces instants qui sont des cadeaux du voyage et dont heureusement on ne guérit jamais. » Le monde est une grenade prête à exploser, trop intense pour un cœur d'homme, qui doit pourtant être prêt à en recevoir les éclats.

Nous nous faisons lents, patients, poreux comme lui. Sur sa voiture, Bouvier avait fait peindre ce passage sublime des *Cahiers de Malte Laurids Brigge* de Rainer Maria Rilke : « Pour écrire un seul vers, il faut avoir vu beaucoup de villes, beaucoup d'hommes et de choses, il faut connaître les bêtes, il faut sentir comment volent les oiseaux et savoir le mouvement qui fait s'ouvrir les petites fleurs au matin. Il faut pouvoir se remémorer des routes dans des contrées inconnues, des rencontres inattendues et des adieux de longtemps prévus. » Voilà ce qui était devenu, en chemin, son programme de vie – peut-être le mien aussi.

L'Inde emplit Bouvier mais le bouscule aussi. Il est à nouveau malade, comme il l'a été à Kaboul, comme il le sera à Ceylan : un soir, il est seul dans une chambre d'hôtel à Agra, fiévreux et une dent cassée, il est allongé dans son lit, délirant, et le gérant de l'hôtel lui crie à travers la porte : *Don't think you're alone there !*

Voyager est aussi une histoire de la fatigue, de la maladie et du dénuement, par lesquels on atteint parfois une intensité et une fréquence différentes. Je les connais un peu aussi, de manière bien plus modérée que Bouvier. Est-ce mon *physique fragile,* comme l'appelle avec un sourire aux lèvres mon cher frère, l'équilibre instable du voyage, est-ce un système immunitaire défaillant ou une trop grande porosité aux choses (manière élégante de dire que j'attrape tout ce qui passe), en tous les cas je suis à peu près toujours malade en voyage : crises de tachycardie au Vietnam à cause des médicaments contre le paludisme, virus divers attrapés un peu partout, j'ai été malade dans les villes, les montagnes, en bord de mer, gastro-entérite à Bombay et au Laos. Je me suis luxé trois fois l'épaule gauche, la première fois sur un terrain de foot improvisé sous les arbres, à Río Cuarto,

en Argentine, la deuxième au Costa Rica à cause d'une vague plus forte et haute que les autres, qui m'écrasa à terre et fit jaillir l'os, la dernière sur une bouée tractée dans l'océan Atlantique. J'ai été opéré d'un abcès dentaire au Sri Lanka, la gencive infectée jusqu'aux racines, j'ai testé de nombreuses médecines locales et quantité d'hôpitaux. Là, en Inde, j'enchaîne comme un coureur de fond les virus chopés dans les bus et les trains, un à Bénarès, un autre à Calcutta. Ici comme ailleurs, je suis à la merci d'un courant d'air froid, d'un vent de mélancolie ou de bactéries qui m'emporterait et ferait ce qu'il voudrait de moi.

Nous arrivons dans l'État d'Orissa. Idéale, cette région, car sans le moindre intérêt – ça y est, nous sommes au cœur du voyage, là où il n'y a plus rien d'autre à voir que le monde nu et sans apprêts. Il y a bien des temples, plutôt beaux même, mais ça commence à bien faire, toutes ces vieilles pierres. À quoi bon ? On ne veut plus rien voir, on veut rester allongés là, sur le lit de cet hôtel sans charme traversé par le vent, parfois un adorable garçon frappe à notre porte et nous demande si nous avons besoin de quelque chose : non.

Bouvier quitte ce pays, où il n'était que de passage, et atteint son véritable objectif : l'île, Ceylan, où il compte poser ses bagages, retrouver ses camarades, se rétablir et commencer à écrire son épopée.

Le jour arrive pour nous aussi : nous nous levons tôt, heureux d'entrer sur le territoire de l'île – devenue entre-temps le Sri Lanka – qui toujours s'ouvre sur l'inattendu. Ainsi s'achevait l'aventure de *L'usage du monde* : « Ce jour-là, j'ai bien cru tenir quelque chose et que ma vie s'en trouverait changée. Mais rien de cette nature n'est définitivement acquis. Comme une eau, le monde vous traverse et pour un temps vous prête ses couleurs. Puis se retire, et vous replace devant ce vide qu'on porte en soi, devant cette espèce d'insuffisance centrale de l'âme qu'il faut bien apprendre à côtoyer, à combattre, et qui, paradoxalement, est peut-être notre moteur le plus sûr. »

Lumière de Sicile

Je ne pourrais pas dire l'année, je ne me souviens que du souffle, des couleurs trop franches de cet été-là. Ces jours-là, je me souviens, je pensais souvent à Giordano Bruno. *Il n'y a aucun astre au milieu de l'univers, parce que celui-ci s'étend également dans toutes les directions*, avait-il écrit à la fin du XVIe siècle. Je le voyais errant de ville en ville, conspué par les ecclésiastiques, admiré par Henri III, rejeté par les Anglais, accepté chez les luthériens allemands, vagabondant seize ans dans toute l'Europe, de chaire en chaire, Turin, Lyon, Toulouse, Paris, Londres, Marbourg, égrenant derrière lui comme un héros de conte noir des livres effilés à la serpe, et une à une les idoles tombaient : la Création, la Trinité, l'espace clos et fini du dogme, la vie après la mort, à plat ventre dans la poussière sale par la faute d'un hérétique sujet à des hallucinations. *Nous déclarons cet espace infini, étant donné qu'il n'est point de raison, convenance, possibilité, sens ou nature qui lui assigne une limite.* J'avais croisé un jour son inquiétante statue au centre du Campo dei Fiori, à Rome. Giordano Bruno, sous sa cape noire, regardait ses bourreaux droit dans les yeux. *La sentence que vous venez de porter vous trouble peut-être plus que moi.* Ma seule surprise alors n'était pas le feu, ni le châtiment, mais comment il avait pu y échapper si longtemps.

Sur cette terre sicilienne éperdue de soleil, devant ce temps étale, je pensais à Giordano Bruno. *Il est donc d'innombrables soleils et un nombre infini de terres tournant autour de ces soleils, à l'instar des sept « terres » que nous voyons tourner autour du Soleil qui nous est proche.* Elle s'arrêta devant ce palais offert aux dieux. La seule question était de savoir si l'homme pouvait supporter ça. Il faisait une chaleur du diable à Agrigento. Les dieux pouvaient, eux, apparemment. Elle irradiait d'une beauté presque douloureuse. A priori le feu est trop fort pour nous, on ne peut pas tenir ; à chacun ensuite de démontrer le contraire. Je n'avais jamais vu un temple pareil. Elle marchait dans son short noir. Le soleil brûlait nos mains. Elle me parlait du mouvement. (Je me surprends en flagrant délit de transformer ce qui a été en fiction. Comment faire autrement ? Excusez-moi, je vous en prie, je garde la lumière et je garde l'esprit.) Elle a dit : tout ce que tu vois là, qui te semble parfaitement mort sous le soleil – la terre, le temple, les oliviers, la frange d'écume et ton livre – tout se meut sans cesse. C'est effrayant, j'ai répondu. Ce n'était pas le cadre idéal pour penser, et encore moins au mouvement perpétuel. Le livre à mes pieds, c'était *Tendre est la nuit* de Fitzgerald. Je ne pouvais rien lire d'autre en été, aucun livre ne parvenait à capter aussi bien la lumière blanche, la déchirante douceur du soir, des reflets de nous sur la mer. Je le relisais et j'essayais d'oublier Giordano Bruno. La sentence à mort de l'église du Vatican. Dans son supplice il n'avait pas faibli. Nous avons quitté le temple pour rejoindre la mer, d'un bleu lieutenant insoutenable. On l'avait amené sur la place, ce matin du 17 février 1600. On l'avait dénudé, lentement, il n'avait pas tremblé sous le ciel du Campo dei Fiori. Des gens s'étaient attroupés autour du bûcher. *Nous affirmons qu'il existe une infinité de terres, une infinité de soleils et un éther infini,* avait-il écrit. Deux hommes attrapèrent ses bras. L'air était frais encore à cette heure. Ils clouèrent sa langue à une planche en bois, ils mirent feu à ses pieds. Lentement les flammes gagnèrent son corps entier. Il resta droit dans la bataille. Il cria quand il ne put rien faire d'autre. À six cents degrés, la peau commence à émettre un bruit de plastique qui se plie, craquelle, puis fond. Ce bruit, personne n'y peut plus rien. De son corps lentement s'éleva l'odeur âcre de la chair saisie, la puanteur porcine des cheveux qui crépitent, la fumée lourde des hommes qu'on achève.

La mer s'est retirée, emportant avec elle *Tendre est la nuit*. Surprise, tu m'as regardé ; j'étais d'habitude plus maniaque avec les livres. Je ne me suis pas levé. Le livre rejoignait sa place, après tout. *Aussi ce dieu, en tant qu'il est absolu, n'a-t-il pas de rapport à nous ; il n'en a que dans la mesure où il se communique aux effets de la nature, plus intimement que la nature elle-même.* Je pensais que les olives juteuses et les vins du pays chasseraient les fantômes. Nous étions assis à présent à une table blanche d'une ruelle de Licata. Tout bougeait sans cesse, et je lui disais que j'aimerais arrêter le balancier éternel, une seconde, le temps d'un été – car voilà une autre de leurs vertus, suspendre un instant la course folle –, et elle me souriait, c'est absurde, tu devrais plutôt te lover dans le flux, le faire tien, tu y serais bien. C'est peut-être pour ça que j'écris, j'ai répondu, figer les choses une seconde dans un cadre. On nous a resservi de ce vin de Ragusa. Non, elle a dit, tu ne figes rien, tu captes la chose en mouvement mais tu ne l'arrêtes pas. L'image n'est pas fixe, elle continue à bouger. Mais pendant ce temps, oui, tu poses une version sur le papier, déformée, tu ancres quelque chose alors que la mémoire est flottante et mouvante – et ça fixe une vision, en l'occurrence la tienne. Et les autres versions des événements, elles sont où ? C'est mieux que rien, je réponds, c'est mieux que l'oubli. Elle n'est pas d'accord, visiblement, mais elle sourit.

Et aujourd'hui je suis là, devant cette table en bois constellée de mouches, je fais le mort pendant qu'elles tournent autour de moi, de la terrasse s'écoule la lumière douce des Pyrénées, je suis assis et j'observe, tapi dans l'ombre, les mouches voler dans le silence. Je suis là. Je sais que je suis là. Je sais qu'un jour j'accepterai que tous, mouches, table, toi et moi, nous tournons dans cette cage sans parois. J'observe l'étroite quiétude formée par le triangle de lumière au seuil de la porte. *L'espace est homogène, il n'y a pas de terre, de ciel, de mer, il y a un espace en mouvement.* Je m'approche. Je fais une photo du rideau jaune impérial étendant son pavillon. L'image ira rejoindre l'infini cimetière d'images où elle s'endormira. Elle n'aura jamais existé. Elle ne nous apaisera pas, elle ne nous troublera plus comme le faisaient les premières photographies, ces vacillements au bord du gouffre, personne ne la remarquera, je la croiserai peut-être deux secondes un jour d'hiver en triant mon foutoir, puis je passerai à une autre, sans un regret. Je range mon carnet. Je le laisserai là, dans cette maison oubliée en Ariège.

Il y a deux histoires parallèles, avait-elle repris. (Elle n'avait pas dit ces mots exacts, mais l'idée était bien celle-ci.) Nous étions de retour au bord de l'eau, sur la côte sud de la Sicile. Une histoire centrifuge et une histoire centripète. D'un côté on décentre l'humanité, on lui redonne sa place dans un ensemble plus vaste, de l'autre on concentre tout entre nos mains. Copernic ou Descartes. Darwin ou le capital. Le vertige ou la domination. Le monde d'aujourd'hui a clairement choisi. Je restais toujours quelques instants saisi par ses raisonnements. J'avais choisi moi aussi. Elle portait le verre à ses lèvres en cadence. Nous buvions peut-être trop, cet été-là, mais il n'y avait pas d'autre biais pour supporter cet afflux constant de réel. On a parlé de l'écriture, à nouveau : on différait sur l'idée de vérité, on était d'accord sur tout le reste. Elle me regardait dans un sourire qui m'empêchait de penser. Et toi, tu fais quoi de ton séjour parmi nous ? ai-je dit en commandant deux nouveaux verres. Jamais elle n'aurait eu l'arrogance de me répondre la vérité : « Je regarde, je ne fixe rien. Ça me prend tout mon temps. J'essaie de comprendre comment les choses tiennent ensemble. C'est illusoire et prétentieux de vouloir saisir le mouvement sur une page ou sur une pellicule. Ce serait déjà immense de pouvoir se glisser dans le monde et ne faire qu'un avec lui. A priori on ne peut pas. Seuls les dieux peuvent, et encore. » Elle n'aurait pas eu cette arrogance. Non. Elle a simplement dit : oh, je sais pas. Mais oui, la littérature, tu fais bien. Elle était agaçante, parfois, mais j'étais pris. Je ne pensais plus tellement à Giordano Bruno, qui était mort la langue clouée au ruban de bois. *Tandis que le bien fini existe par convenance et raison, le bien infini existe par absolue nécessité.* Cet homme avait écrit toutes ces phrases à la fin du XVIe siècle. J'oubliais Giordano Bruno à mesure que les vagues déferlaient, une vie vouée à un échec glorieux débutait. Des notes lancées comme des lassos désespérés, ton immense danse mutique. J'étais disposé à échouer, si c'était sous ce ciel-là.

Pourtant il fallait être fou pour s'aventurer sur ces terres. La déraison m'impressionnait chaque jour davantage. Je suis reparti, comme si le déplacement pouvait m'apporter une quelconque aide, une lumière, quelque chose. Je n'étais pas seulement porté par des illusions mais par l'intenable métier de vivre.

Quelle foutaise, des mots alignés les uns à la suite des autres, et quel sublime placebo. Ça m'aidait visiblement à tenir. J'avais l'impression que cela donnait forme à quelque chose, à tout ce que je ne comprenais pas. Je me trompais sûrement mais peu importe.

D'une manière générale, je n'avais rien vécu. J'étais souvent heureux, j'avais l'impression d'être à ma place, mais quelque chose de moi dépassait.

J'ai repris mon enquête. Quelque chose ou quelqu'un, quelque part, détenait la solution. Je suis parti, je suis revenu, je me suis regardé dans la glace. Je vais écrire, voilà ce que je me suis dit. Je le savais déjà mais là c'était certain. Il y avait sans doute là la clef que je cherchais. Aller guetter les apparitions.

Un étrange pays

Je vis dans un monde habité par de drôles de gens. Malhabiles, chétifs, pâles, ils parlent une langue élégante et mystérieuse et se déplacent avec hâte. Je les ai tout de suite aimés. Ils me chuchotaient des choses à l'oreille. On se comprenait. À fleur de peau, à côté des choses mais en plein dedans, et désirant davantage encore que ce qu'on leur donnait.

Je vis dans un quartier étonnant. Mes maîtres et mes amis sont bien vivants. On boit des cafés à l'angle avec Julio Cortázar, qui allume une nouvelle clope avec la braise de la précédente. Il me parle de la fine paroi entre l'autre côté et celui-ci, de la manière dont les saules se meuvent et se plient, là-bas, de la beauté et de la cruauté du temps. Sa voix chaude et rassurante, qui se heurte à la lettre R, qui me conte ses voyages en eaux profondes, me berce. Plus souvent encore on ne parle pas, on boit des

Quilmes et on observe la danse. Roberto Bolaño vient s'asseoir parfois avec nous. Il est un peu sombre en ce moment, on ne sait pas pourquoi. Quand il parle, il est toujours drôle en revanche. Aigu, tranchant, il pourfend les livres, les fausses poses, les gens. Il les aime pourtant, c'est pour ça qu'il ne supporte pas leurs défaites. Le voir fumer en regardant le petit chien passer me bouleverse. J'aimerais lui demander des choses, mais ici on ne demande pas. On observe ensemble la manière dont la rue enfle et se gonfle de lumière orange. On voit Borges passer aux bras de ses amis, qui se relaient auprès de lui. Il regarde en l'air et murmure des histoires millénaires, avant de disparaître, dans la lumière claire. Matin de Barcelone.

À l'angle vit un homme solitaire que l'on admire et qui demeure un mystère. Il porte un nom, K., je crois, mais en réalité on ne l'utilise pas. On voit bien, à sa posture, à son pas, à son chapeau et son regard lointain, qu'il comprend des choses que nous ne comprenons pas. Il semble toujours nous regarder à travers un verre opaque et déformant qui l'aide pourtant à voir – et ce n'est pas le seul de ses paradoxes.

À l'angle de chez moi, il y a un bar dément où l'on se retrouve le soir, avec Henry Miller, Blaise Cendrars, Jack Kerouac, la petite bande des exaltés, où l'on se marre en jouant aux fléchettes et où on boit jusqu'au petit jour. La littérature n'y est jamais plus importante que le reste. La vie ou l'écriture, on ne choisit pas, on prend tout. Les deux s'augmentent sans cesse en miroir. Rimbaud passe de temps en temps, quand il est dans le coin, il nous raconte ses derniers voyages et Cendrars les siens. Miller a arrêté de se déplacer sur la Terre, il se consacre entièrement au ping-pong. La nuit s'ouvre en grand et nous happe.

Je vis dans ce quartier-là. On se connaît tous, on se lit, tout circule. On admire Perec, l'inventeur de formes qui vit sur la petite place bordée de lilas, le joueur qui mise à chaque fois sur un cheval différent, et remporte la mise. On aime la compagnie vive et délicate de Camus. On observe la fenêtre toujours fermée de Proust, devinant, aux reflets sur ses vitraux, la cathédrale en train de prendre forme derrière. On sait que pour García Márquez, qui arpente le quartier en tous sens et à toutes heures, tout a changé lorsqu'il a rencontré K., le voisin. L'infini et la concrétion ; il lui suffirait de transmuter le froid en chaud et ce serait bon. Je sais que Salter et Fitzgerald se murmurent des choses à la nuit tombée, sur le toit d'à côté, que Char ne se lasse jamais de la neige qui tombe sur les montagnes au loin. Je guette toujours le passage du grand Michaux, qui porte sur son visage la trace de ses vertigineuses plongées à l'intérieur. Le souffle de Balzac nous exalte, la voix d'Hugo comme la lame nous entraîne. Céline improvise le soir son solo furieux et syncopé. Carver et Brautigan viennent nous chuchoter des histoires tristes avant de dormir. Woolf forme un coquillage avec ses mains, me le plaque contre l'oreille pour me conter la mer. Elle dit que c'est mieux encore que toutes les histoires. Je sais que le génie Dostoïevski, qui nous hante tous, ne sera jamais en paix, que sa figure pâle et courbée passera toujours dans les travées et sur les trottoirs. Et nous savons que son petit frère, pareillement tassé, le nez rougeaud, les bras courtauds de paysan, a changé lui aussi le cours des choses pour tous ceux qui passeront après lui. On ne l'appelle pas maître ici, il déteste ça et nous aussi (son aspect de vagabond nous en dissuade par ailleurs), on l'appelle Faulkner mais seulement entre nous. Il est occupé. On ne sait pas par quoi. Il n'écrit plus depuis si longtemps. La vie l'a usé, il voudrait faire autre chose à présent.

Le quartier est vaste, bouillonnant, disparate ; et moi, j'observe les gens qui passent.

J'ai dix-sept ans. Mon père m'a acheté une pile de livres pour mon anniversaire. Ils vont tous être d'une importance décisive. Il y a là *Mort à crédit, Tropique du Capricorne*, *Contes de la folie ordinaire*, *Martin Eden*, *Lolita*. Il y a *Bourlinguer*. Je me souviens de l'élan, du souffle, du sel du voyage, de la beauté. De la gouaille de Cendrars, de son goût des villes et des mers, du monde comme aventure. J'étais pris. Depuis longtemps déjà il n'y avait plus de retour en arrière possible.

Chaque fois que j'ouvre *Bourlinguer*, je suis tout de suite chez moi. Je le rouvre aujourd'hui et c'est toujours le cas. Il y a cette formidable soif d'humain et de territoires, une soif sans raison, verticale. Cendrars est férocement heureux de vivre, d'explorer les forêts, les capitales, de prendre des paquebots vers d'autres rives. L'homme à la main coupée et au verbe haut, moi je voulais le suivre.

Dans les rues de mon quartier, j'entends toujours cette voix qui résonne et me raconte ses histoires extravagantes, parfois délirantes, les départs, les fleuves périlleux d'Amazonie, les perroquets, les bas-quartiers d'Anvers et la plus grande rixe du monde à Marseille, les amours enfantines à Gênes et l'épine d'Ispahan, les brigands les fous les arpenteurs, les vendeurs de bijoux les gitans les rêveurs.

Ce qu'il préférait au monde, cet ami fantasque et généreux, ce *mythobiographe* de génie, c'était embarquer à bord d'un cargo, lézarder et lire en regardant au loin. Vingt-cinq ans après avoir entendu pour la première fois sa voix, je vais monter à mon tour, demain, sur un porte-conteneurs en partance pour Tahiti. Je revois le tableau de Fernand Léger sur la couverture de *Bourlinguer*,

ce 5 juillet 1999. Le soleil était haut au-dessus de notre grande table, à Craponne. Mon père me souriait sous sa moustache.

J'ai retrouvé Kerouac un soir au comptoir de notre bar, il m'a pris dans ses bras. Il était fatigant, souvent, excessif, misogyne, éructant, alcoolique, le genre de type qui vous bassine à quatre heures du mat' au comptoir, à qui on crie d'arrêter de déverser des conneries, mais quel écrivain, quel flot, quel rythme. Son long solo dans la nuit, je l'aurais voulu pour moi aussi. Il y a eu un terrible malentendu (il y en a toujours) lorsqu'on l'a pris pour le chantre d'un nouveau mode de vie. Il ne l'était pas, il a vrillé, il n'était qu'un assoiffé de musique et de liberté.

Je me souviens d'une époque où j'ai dû arrêter de le lire car c'était douloureux. J'attendais davantage de la vie, tout le temps, je voulais de grands dessins, je n'y arrivais pas – et lire ses livres, d'autres aussi, me le rappelait sans cesse. Je pense un peu moins à lui, aujourd'hui. Il reste pour autant un compagnon.

J'entre dans une librairie de Mexico DF, quartier de la Condesa, je trouve *Tristessa*, que Kerouac a écrit à quelques encablures d'ici. Il y a des pieds de mannequins, des piles de livres chancelantes, des plantes grimpantes. Un peu plus haut sur l'avenue, la chambre d'un hôtel colonial où j'ai été heureux. Derrière, une ruelle le long de laquelle une voiture m'a poursuivi, la nuit, alors que j'errais là où je n'aurais pas dû.

Le Mexique est une autre terre magique, aux côtés de l'Inde, où l'on croise des spectres, où les visions fusent, où l'on est témoin d'apparitions. Lowry, Rulfo, Ginsberg, Cassady et tant d'autres poussèrent la porte, sidérés par ce qu'ils voyaient de l'autre côté. Les sens en feu, on s'approche, comme en Inde, d'une force magnétique supérieure.

Lorsque je ressors de la librairie, vingt ans ont été rembobinés et j'arrive pour la première fois au Mexique. Les pays sont des couches de nous-mêmes, il suffit de les effeuiller pour nous voir apparaître tels que nous avons été. Nous marchons, mes parents, leurs amis et moi, sur un petit chemin qui plonge dans la jungle. J'ai de la fièvre, je me sens mal, je marche de travers. Quelle foutue habitude de toujours tomber malade en voyage. On décide que je vais rentrer à notre base de campement, je ne sers à rien dans cette promenade. Le guide me dit, c'est juste là, tu vas retrouver ? Et moi oui oui, on vient de partir, c'est tout droit. Mais rien ne l'est ici, et bien sûr je m'égare, tout se ressemble, j'ai chaud, les arbres ondulent et se referment sur mes pas. Comment le guide a-t-il pu me laisser partir tout seul ? J'erre à l'aveugle. Je crie : personne. Je trouve finalement un bout de route.

Sur la droite, quelqu'un. Qui m'indique le chemin. Je retrouve notre cahute. Je tombe dans le lit. (Ma mère en fait encore des cauchemars la nuit.)

Deux jours plus tard, la beauté sidérale d'une nuit enroulée dans mon hamac. Tout vibre autour de moi. Je suis là, allongé dans ma toile, offert à tous les sons de la jungle, à tous ses frémissements. Je ferme les yeux, le monde y entre.

Il y a des écoles perdues dans les hauteurs, il y a le sous-commandant Marcos quelque part, il y a des sentiers ocre et rouille, il y a le vert, l'orange et le rouge vif de San Cristóbal de Las Casas, la sensation d'être ailleurs, au-dessus, à côté, la sensation d'être chez soi dès le deuxième matin, réveillé au son du *Aguaaa, agua pura ! Pura de salud, pura de sabor !*, écho au *Butano, butano, butano !* d'un lointain collègue, quelques années plus tard, qui me réveillera chaque matin à Barcelone au son de sa baguette sur la bonbonne de gaz.

Et il y a le retour sur Terre : on atterrit à Lyon et mon frère nous attend à la sortie, hors de lui, les gars, les gars, Le Pen est au second tour, quelle horreur, c'est Le Pen – comme un vent cinglant vous cueille au sortir d'un songe. Le surlendemain je reprends le chemin de Sciences Po. Toutes les conversations tournent évidemment autour de l'événement. On va devoir aller voter Chirac. Bordel.

À vingt ans. Avec des gants, suggère Steph. La règle anticipera : pas de bulletin de vote portant quelque signe que ce soit.

Mais je n'en ai pas fini avec le Mexique, qui reviendra régulièrement, qui m'occupera le temps d'un roman, où l'on repartira plusieurs fois, dont un voyage fou qui nous mènera, Julieta et moi, de la Californie au Costa Rica en passant par Cuba – fascinant décrochage, plongée verticale de l'autre côté du rideau et du temps, dont on reviendra renversés – et par ce même Mexique, où tout est décentré et céramique, tequila, mangue et bleu roi.

On est debout sur la petite place en pente, dans la nuit illuminée de Oaxaca. On entre dans la mezcalería Los Amantes. Les étagères du bar baignent dans un étonnant turquoise, parsemées de bocaux, de plantes, de crânes, lumière et mort mêlées. On goûte le mezcal, qui éblouit et fait danser. Le sel et le piment, l'agave et le temps. Un autre verre. Palais fruité, le goût de fumé. L'ivresse ample mer, le consul d'*Au-dessous du volcan*, les rois du monde. Oaxaca est jaune or et bleu saphir.

Et comme souvent, tout glisse vers une île, Holbox, drôle de nom pour un paradis. Les jours sont dorés et ronds. Je me jette à l'eau, transparente, dans laquelle je perds mes lunettes de soleil oubliées sur ma tête. Soleil et sable clair : plus rien n'a d'importance.

Le voyage ne s'achève pas là mais au Costa Rica, dans la beauté et l'inattendue douceur. Jungle du Corcovado, tortues dans la nuit, le cône du volcan Arenal, et la dernière image, le Bosque Nuboso, la forêt de nuages, où les brumes s'enroulent autour de nous, les arbres s'élèvent et nous parlent, on plonge dans la mousse et parmi les ombres furtives qui glissent sur les chemins, on entre ailleurs. Perfection des traits et du blanc : une fois les portes ouvertes, elles ne se referment jamais entièrement.

On ne choisira pas entre l'écriture et la vie, ce sera les deux. Jamais je n'ai songé qu'un livre ou un carnet me retrancherait du monde, au contraire ils m'en rapprochent, et je vois mieux. Je sens davantage, à nouveau, autrement.

Les livres ne remplacent pas la vie, ils la déplacent, la réinventent, la reformulent, la diminuent et l'augmentent dans le même mouvement. La littérature n'est pas supérieure à la vie, ce serait absurde, l'une n'existe pas sans l'autre. Le monde, lui, peut très bien se débrouiller sans la littérature ; l'inverse n'est pas vrai. Il peut faire sans elle, mais, dans ce quartier où nous vivons, on est quelques-uns à trouver qu'elle lui donne parfois un éclat orangé et trouble, un éclat neuf, brillant, qu'elle n'est peut-être pas entièrement vaine.

Je cours à nouveau dans les rues de Mexico DF, fasciné par la vitalité, la prolifération. Je cours dans les queues de comètes des détectives sauvages de Bolaño, poètes anarchistes qui ont hanté ces lieux avant de devenir des personnages. Je passe dans leurs rues, m'assois à leurs cafés, essaie de respirer le même air qu'eux – j'avais eu cette même lubie absurde, à vingt ans, traverser Dublin avec Joyce, Prague avec Kafka ; on ne s'approche pas de grand-chose ainsi – et pourtant, à Mexico, la ville-rhizome livrée aux songes fous, l'alchimie opère parfois, quelque chose du Bolaño endiablé des années 1970 demeure.

À Berlin aussi la magie fonctionnait, à cette table, au coin du marché aux puces de Boxhagener Platz – la magie nous suivait dans tous nos quartiers et nos souterrains. Nous lisions, je le sais, je les vois, ces mêmes *Détectives sauvages*, chacun dans notre langue. Deux livres avec la même couverture, ce merveilleux tableau dont on ne connaissait pas le nom, silhouettes fines élégantes sur bord de mer, panama sur la tête, je lis en français elle lit en espagnol, la traduction ça devrait être interdit, me dit-elle – certes, mais le livre fait huit cents pages, en français ça ira bien, et puis Bolaño, pour une raison que j'ignore, s'exporte bien – en fait non, je sais pourquoi : non seulement le traducteur, Robert Amutio, est excellent, mais en plus la langue de Bolaño est plutôt simple et limpide, à vrai dire sa force se situe ailleurs.

Julieta, elle, sait visiblement où, elle lit trois pages et ça suffit – à quoi bon lire plus ? Elle a un don : elle peut, à l'odeur, au premier mot, sentir si le livre tient ou pas. Elle a vu déjà ce qu'il fallait saisir, en une phrase on sait, comme on sait d'un regard. Les yeux, un peu exercés, ne se trompent guère. Mais dans ce cas, étonnamment, elle continue à lire, trois cents pages à peu près – pourquoi ? – ah parce que là c'est trop brillant, ce serait une offense de ne pas le lire jusqu'au bout. Il y a des pas lents et automnaux sur la place, des boyaux fins de vélos qui roulent entre les arbres. Un manteau traîne à terre. Avec les œufs, le bacon et les croissants, on commande un spritz. Comment imaginer être malheureux ? Arturo Belano arrive à Paris. Il retrouve Ulises Lima qui semble mal en point, dans sa chambre de bonne s'entassent sept compagnons sud-américains, il attrape une maladie de la peau. C'est étrange, je dis, on ne sait pas vraiment à quoi ça tient, la beauté de ce livre, à quelque chose d'assez flottant et énigmatique, au labyrinthe peut-être, à la structure, à l'humour aussi. Oui, dit-elle, là on ne sait pas vraiment. Mais au bout du compte, comme d'habitude, c'est la grâce qui compte et l'emporte. C'est pour ça que je continue d'ailleurs. Les Berlinois ne courent pas, à quoi bon. On reprend un spritz. Les couleurs sont parfaitement dessinées. On pourrait aller chiner quelque chose, un meuble, un vieux tourne-disque, une lampe, mais on n'a pas de lieu où les mettre. L'appartement n'est bien sûr pas à nous, nous le sous-louons. C'est le treizième dans lequel nous habitons. Il est là, juste à côté, un peu plus haut dans Friedrichshain. Il nous faudrait d'ailleurs en trouver un autre, les locataires reviennent dans deux semaines, mais on va plutôt monter sur nos poneys, le surnom de nos vélos, et plonger dans la ville. Plus tard, après une currywurst et une bière, nous faisons une pause sur le bord de la Spree. Je n'ai pas de nostalgie, me dit-elle, je ne sais pas ce que c'est. Moi non plus, dis-je. Je mens évidemment. Je regarde les jours, poursuit-elle : ils sont beaux, intéressants, déplaisants, peu importe, je les aime autant. Et l'enfance ? dis-je. L'enfance c'était merveilleux, mais tout l'est encore. On remonte sur nos vélos. On reprend la danse.

J'attrape le même livre sur mon étagère, à Barcelone. L'appartement a changé mais le livre est toujours rouge, corné, et les détectives poursuivent leur route sur la plage. « Garder courage, en sachant au préalable qu'on sera vaincu, et aller au combat : c'est ça, la littérature », disait Bolaño dans ce qui n'était pas qu'une posture – ses livres le prouvent, où règnent ce courage et ce panache des combattants désespérés. Bolaño est un défricheur qui s'est consacré à l'exploration de pistes nouvelles, sans jamais se soucier du risque de se perdre.

Je rouvre le roman au hasard. Arturo Belano, Ulises Lima, les sœurs Font, suivis par le jeune García Madero : les détectives sauvages sont des acrobates, des kamikazes, ils ferraillent contre le conformisme, l'autorité, la littérature officielle, visant la vie la plus ample et la plus libre possible. Ce sont des moines, des anachorètes, qui essaient de se détacher de tout ce qui pèse, pour s'adonner entièrement à la poésie, au voyage, à leur quête.

J'ai appris avec ce roman, et quelques autres, que la forme que l'on donne à un livre dit tout de lui : Bolaño invente un dessin qui contient le contemporain, sa dispersion, sa profusion, la diversité de ses voix et de ses textures. Il crée des structures labyrinthiques, à la fois limpides et complexes, qui mélangent tous les genres, les registres, les mondes. Ce dont je rêve aussi.

Le projet, c'est la liberté absolue, en tout et partout. Bolaño l'exerce à chaque phrase, comme les artistes que l'on aime. Sa narration suit des tracés nouveaux et inattendus, il ne se limite jamais, il ne s'interdit rien. Il est si rare de sentir, lorsqu'on lit un livre, que tout peut arriver, que l'auteur va où il voudrait aller, sans que rien ni personne ne l'arrête. L'écrivain brise ses chaînes, avec la même liberté que l'on voudrait pour sa vie.

Là où quiconque chuterait, Bolaño tente un dialogue impossible, un récit de rêve (a priori, c'est non), un pas-

tiche (*La littérature nazie en Amérique*), une définition de la poésie selon le degré d'homosexualité de l'auteur, et ce qui devrait être une catastrophe se révèle scène absolument hilarante. Pour ça, il faut que la grâce marche avec soi. Lorsqu'il prend une fausse route, il réessaie ; son œuvre se développe ainsi, en cercles concentriques, régie par ses lois propres, comme les ronds que dessine à la surface de l'eau la chute d'un caillou ; ses personnages passent allègrement d'un texte à l'autre ; *L'esprit de la science-fiction*, roman d'apprentissage que je lis au comptoir où il boit en temps normal son infusion matinale, est une variation plutôt ratée des *Détectives sauvages* mais qui compte justement à titre de tentative, de premier cercle ; tout tourne et revient chez lui comme chez Lobo Antunes, ou Duras, tout trace des échos et des vagues, dans une danse qui est sans doute celle de l'enfer ; impossible de dire où ça commence, où ça finit, ses romans sont sans fin ; ils ne sont pas inachevés, ils sont inachevables. Il n'y a pas de point final à la littérature, qui déborde sur la mort.

Dans le pays Bolaño – comme chez ses maîtres Borges et Cortázar – on trouve un espace ample, malléable, en constante expansion ; c'est l'espace de liberté d'une narration qui ne cesse d'augmenter.

Maintenir les choses dans un halo, flou et trouble, comme le faisait K., déplacer la caméra, accélérer, ralentir, et tout nous apparaît sous une autre nuit, comme dans un rêve.

La littérature peut tout faire, et si elle n'y parvient pas, c'est que l'on n'a pas suffisamment essayé. Un roman peut devenir poème et aventure, intrigue et réflexion, document et essai, physique et métaphysique, il est si plastique qu'il peut tout accueillir. Voilà ce que nous disent Rabelais, Dostoïevski, Proust, Woolf, Joyce et les autres.

Bolaño s'y emploie donc, et réconcilie l'avant-garde avec le goût du récit. En métissant les genres, il les explose, et inaugure en cela le XXIe siècle où le roman, pour se réinventer, sera total ou ne sera pas. Il annonce une littérature apatride, sans frontières, quelles qu'elles soient, où les personnages viennent d'ailleurs et vont partout, ou plus sûrement nulle part.

Et toujours ce rire violent, anticonformiste, inattendu jaillit ; comme dans tous les grands livres, il fait trembler l'édifice entier : de Cervantes à Sterne, de Diderot à Balzac et Flaubert, Céline et Beckett, on l'entend qui rugit derrière les lignes. Un rire pour survivre au désastre, quand tout tombe en morceaux, un rire à la hauteur du vide au-dessus duquel il se meut : sans limite.

La forme du monde contemporain nous susurre à l'oreille de repenser nos manières de raconter. Comment écrire une histoire qui aille d'un point A à un point B alors que nos cerveaux fonctionnent si différemment ? Si notre conception du temps, de l'espace, du présent et du futur est entièrement renouvelée, pourquoi la littérature resterait-elle immobile ? Nous vivons un moment exaltant de l'histoire littéraire, et de l'histoire tout court. La bascule d'un monde, qui tombe et renaît, rebat entièrement les cartes, et tous les domaines d'activité et de pensée doivent se réinventer. Les grands questionnements contemporains font trembler jusqu'à l'espace du roman, et la crise métaphysique qui frappe de plein fouet une humanité en train de détruire sa propre planète l'ébranle de mille façons.

L'art devrait, dit-on, nous rassurer quand tout chancelle. Il fait précisément l'inverse : il décape, renverse, inquiète. Il tremble et fait trembler, lui aussi.

Les oiseaux du paradis

Je ne faisais, avant, que croire de manière vague au paradis ; et puis un jour j'y suis allé.

La lumière, l'océan, les couleurs. Je me souviens de tout.

Ce n'est pas une illusion, nous le vivions précisément ainsi, dans le moment. Je ne crains pas la nostalgie, la déformation des images par le temps – le temps patine, polit, augmente, détériore, mais il ne nous fait pas aimer ce qui n'était pas aimable, il ne modifie pas les couleurs, elles étaient là, elles deviennent simplement plus franches ou plus abîmées, c'est tout. Le bleu du ciel était donc celui-ci et le bleu de l'océan aussi. Jamais encore une telle profusion de vie sous nos pieds, dans l'eau, jamais senti ça. Quelques pas sur le sable, l'eau aux chevilles, puis brusquement le sol s'ouvre et les couleurs explosent – on plonge la tête dedans c'est insensé, poissons de toutes formes, ronds pointus enflés, jaune vert rouge éclatant, tortues, requins, coraux infinis, sculptures d'une finesse inouïe. Moi qui cherche la couleur, je la trouve partout.

Notre cabane est là, devant cette plage, cet océan et ce bleu. Elle a été construite il y a quelques mois par Peter et sa famille, première planche à leur guest-house sur cette île de l'archipel de Raja Ampat, à la pointe ouest de la Papouasie. Les planches en bois de la cabane tremblent au vent, le sol est à cinquante centimètres du sable, nos pieds glissent dessus. C'est la fin du voyage, on ne peut pas aller plus loin. Le matin on s'assoit à cette table, on avale une mangue fraîche, on boit du thé, on part marcher et se baigner. On admire les oiseaux du paradis, qui se reproduisent à l'aube dans une symphonie délirante, au cœur de la jungle derrière nous. Alfred Wallace a vécu un temps sur cette île, dans une cabane rustique demeurée en l'état, à l'orée de la jungle dont il explorait chaque jour la végétation et l'infinie ramification que l'on découvre au matin. C'est en partie ici qu'il élaborera la théorie de l'évolution, en même temps que Darwin. On part remonter comme lui le cours du temps, on plonge dans une grotte tapissée de chauves-souris, on rentre à la cabane se baigner dans la lumière. Peter nous apporte un poisson fraîchement pêché, dont la chair s'ouvre sous nos doigts. On s'endort dans les bras l'un de l'autre, dans le large battement de l'océan, sa lame infatigable.

Tu te souviens aussi, je le sais. La lumière, les flots, les couleurs. Nous avons habité un instant ce paradis-là. Je ne l'écris pas pour le fixer, il n'a pas besoin de moi pour ça, simplement pour le revivre un instant. Rien ne s'est perdu, de l'espace ni du temps.

Un jour il fallut partir. Un bateau, un avion, un autre.

Je me souviens de la sensation précise, dans cet appartement de la rue de Tahiti, à Paris, les murs de la chambre s'étaient rapprochés de nous, ils avaient avancé, bientôt ils nous mangeraient. Je me souviens de nos rires et d'une légère inquiétude. Je me souviens de ta phrase : « Écoute tu fais ce que tu veux, prends ton temps, moi je repars à Barcelone. Là c'est plus possible. Je t'attends tranquillement. » Car Paris avait effectivement rétréci après ce voyage-là. Ça avait toujours été compliqué, exigu, légèrement hostile, mais là ce n'était plus tenable.

Tu es partie le lendemain. La semaine suivante je te rejoignais.

L'été, encore. Tu me dis des choses. Quand tu parles on t'écoute. Tu pèses ce que tu dis, ça semble une chose extraordinaire, finalement, personne ne pèse rien et surtout pas moi, je pense trouver dans la parole alliée à la pensée brute un aliment fiable et un élan qui me portera ; oui, je pensais ça jusqu'alors, mais dans tes pauses, ton acuité (toujours alliée à la fougue), je perçois combien je me méprenais. On peut allier justesse et vitesse, c'est donc possible. J'apprends ça. J'ai appris tant de choses de toi.

À Barcelone on tourne. Tout ce qui m'effraie normalement (comme, disons, la mort éternelle de toute chose) ne nous atteint pas. On s'assoit là. On ne fait rien. On fait corps. Il y a dans ta manière de bouger tes bras un accord avec les choses qui sidèrent ceux qui barbotent sans savoir où aller.

La fébrilité et l'angoisse sont des états des nerfs. Elles n'existent pas plus qu'autre chose, jusqu'au moment où elles prennent corps et là plus rien à faire. J'y suis sujet. J'habite dans une lumière qui s'allie parfois aux ténèbres.

Tu viens de finir la dernière page de *Cent ans de solitude*, sur cette plage de Papouasie, et tu reprends immédiatement la première.

Je ne t'ai qu'à peine écrit. Je ne savais pas comment. Ta présence suffisait. Au moins une chose qui se passait de mots. Tu étais le seul lieu qui n'avait pas besoin de lampes ni de béquilles.

Partout dans mes livres tu avais ta résidence. Cette lumière venait de toi. Je t'écrivais sans adresse.

Il n'y a plus de tristesse de ne pas être avec toi.

Il y a la joie, immense, que tu sois toujours là.

Je suis assis dans mon petit bureau, devant la fenêtre. La lumière vive de Barcelone coule sur ma table en bambou – toujours la même, rectangulaire, accueillante, que j'emporte à chaque fois avec moi. Début avril. Tout à coup, les plantes et moi nous levons dans un même élan vers le soleil et je pense à ça : on écrit des livres, on danse ou on dessine les plans d'une maison pour cet état d'éternel printemps. La même mécanique est à l'œuvre (d'où l'exultation lorsque les deux phénomènes enfin coïncident, comme deux astres) : le corps comme le ciel s'ouvrent et renaissent, les gestes sont vifs, l'énergie pleine, les choses s'offrent à vous.

Écrire un roman, c'est quoi ? Je n'en sais rien sinon je ne continuerais pas à le faire, mais l'hypothèse formulée plus tôt était celle-ci : on se livrerait à de telles choses pour créer un état d'alerte, de porosité et de disponibilité maximale à ce qui pourrait surgir, tout en maintenant à l'écart certaines tentations ou obsessions passagères. Cette attention redoublée maintient le corps en éveil, elle est une autre manière, plus vive, d'être présent. Sans cela mon cerveau dépérit, il fait autre chose, il regarde par la fenêtre, il s'ennuie, il devient un peu plus bête qu'il ne l'était déjà.

La curiosité s'aiguise, comme les plantes je me penche vers la lumière. On voudrait savoir, on cherche. On butine et on constitue une bibliothèque comme une constellation flottant autour du livre à venir, qui sont ses satellites amis. Se met en place une autre manière de lire, qui fouille et perfore, jusqu'à trouver la chose qu'on cherchait sans le savoir. La phrase est un élastique qui pour se lancer se nourrit de tout, du dérisoire comme des longues vagues souterraines. Cela peut venir de tous côtés, un livre d'Annie Ernaux auquel je ne m'attendais pas, la prose minérale de Gracq ou la clairvoyance géniale de Flaubert, les dialogues de Don DeLillo ou de Yasmina Reza, les romans-étoiles de Richard Powers ou de Foster Wallace, cela peut être un visage à l'angle et une sensation nouvelle au creux du sternum.

Ce matin, j'ai sorti un par un les livres de la bibliothèque, pour voir comment ils tenaient debout. Stendhal, Verlaine, Aragon, Jack London, comme ça, au hasard. Deux phrases et on voit. On a relu pour la énième fois les premières pages de *Noces* de Camus, on s'est essuyé les yeux craquelés de sel et de soleil. Je suis sorti prendre l'air, j'ai levé les bras au ciel. Le jaillissement du printemps s'est violemment confondu avec l'immersion dans l'écriture. C'est normal : ce n'est qu'une seule et même chose.

Et le printemps passe et revient cette pluie fine qui nous accompagne aussi. Il y a mes pas dans vos pas, qui ont laissé une traîne dans le sable. Il y a la vie qui s'efface. Il y a toutes les traces devant, inaccessibles, immaculées. Je pèse si peu. J'ai pissé dans tant de stations-service, j'ai bu dans tous les bars. Je voudrais m'absenter, ne plus parler. Que pourrais-je dire de moi, de toute façon ? Quelle horreur. Il n'y a pas plus de vérité dans le *je* qu'ailleurs. Je hais les prêtres de l'authenticité, les apôtres de la pureté. « Me voilà tout entier » : c'est généralement le début des pires manigances.

Une amie m'a appelé ce soir. Elle m'a dit qu'elle avait passé sa vie à attendre qu'un volcan comme l'Etna la submerge et l'éteigne. Je n'étais pas sûr de comprendre, mais ça a résonné dans l'air.

Je nage. Dans cette crique de Symi, rien, rien d'autre que les lauriers-roses délicats, le bleu immense de la mer, dans lequel je me glisse – et toi. Le soleil est droit. J'écarte les bras, je fais la planche. Je rêve d'un livre qui retracerait mille ans d'histoire, dans lequel il y aurait des navires, des marchands, des trahisons, des plantations de café et des guerres fratricides. Le sel me brûle légèrement l'œil droit. Nina est allongée sous les lauriers-roses, elle lit. Tous ses gestes sont portés par la grâce qui habite son corps. Je vais écrire l'épopée du champagne et des folies humaines, un roman d'aventures sur un continent perdu avec des îles fascinantes et un enfant valeureux. Dans une demi-heure, nous mangerons sous la pergola la moussaka et les calamars de Dafné. Nous rirons en essayant de deviner les conversations des gens. Sur le boulevard Magenta un jour de pluie on s'est embrassés, et ses lèvres m'ont ramené au jour, m'ont empli de lumière. Depuis, je vis dans cette joie-là. Au bord de la terrasse, la mer s'étale souveraine. Voilà le vrai mystère, celui que l'on ne résoudra jamais. On redescend vers les transats qu'on nous offre. Je vais et viens entre trois livres entrouverts. Tous me plaisent, mais ils ne sont, par essence, que ce qu'ils sont, et pourraient donc être plus. Je me souviens que Guilaine m'avait dit un soir, de sa voix malicieuse, j'ai peur que tu fasses avec les livres comme avec le reste. Quand t'en as marre, hop, tu laisses tomber et tu passes à la suite. Non, j'avais dit. Non. En revanche, oui, tout m'intéresse, je vagabonde. Oui, *tout* me paraît une intéressante manière de vivre.

Dans mes carnets de notes entamés et que je ne fais qu'entrouvrir, il y a mille phrases comme celle que je viens d'écrire, emphatiques, lyriques, se pensant décisives. On sent que ça vibre ; j'espérais alors de tout cœur que les espaces communiqueraient et que l'intensité pourrait être saisie et transmise. (À vrai dire j'y crois toujours.)

Je constate, en les relisant un peu (pas trop non plus), que j'étais déterminé à écrire, et que je le faisais en effet.

Je suis comme tous : un être volatil à colonne fixe. Je change de peau, je reste le même.

Guilaine avait peut-être raison finalement, je suis versatile, dans les livres comme ailleurs. Je gambade, je m'émerveille, je me lasse, je bifurque. Je suis un lecteur de pages. J'aime ce passage-là, ce début, cette phrase à la fin, et le reste m'ennuie – dans les livres comme en dehors. Ce sont mes boîtes à outils. Je vais chercher chez l'un ou l'autre des pistes, des élans, j'observe comment cette écrivaine s'y prend pour l'oralité, comment celui-ci utilise l'imparfait, la ponctuation, comment tous font pour le rythme, l'incise, la vision.

Mais laissons un instant les livres et les cahiers, et fermons les yeux. Là, dans cette demi-conscience du monde où nous mènent le sommeil et le soleil, je suis assis dans un bus qui sinue sur les hauteurs de l'île des Célèbes.

Sufjan Stevens me susurre des choses douces et tristes à l'oreille. Julieta rêvasse sur le siège à côté. La montagne tout à coup s'ouvre sur un précipice. D'une main, le chauffeur vire de bord. On passe à quelques centimètres du gouffre, tout est en place.

> The only reason why I continue at all
> Faith in reason, I wasted my life playing dumb
> Signs and wonders, sea lion caves in the dark
> Blind faith, God's grace, nothing else left to impart

Des massifs boisés émergent à chaque nouveau virage. La jungle des Célèbes, cette île en forme de chat comme l'appelait Cendrars (alors qu'on penserait plutôt à un mollusque, ou une étoile de mer), et qu'on appelle ici Sulawesi. La jungle partout, exubérante, fascinante, sur les montagnes, dans les vallées. C'est un voyage profondément heureux, aérien, qui nous mènera jusqu'en Papouasie. Nous sommes partis de Djakarta, plein est. Nous avons traversé Java, bruissante, gracieuse. Nous sommes arrivés au pied du volcan Bromo. Comment escalader cette chose ? Des jeunes gars s'approchent. On vous emmène en moto ? De petits engins partent à l'assaut de la pente et nous voilà sur deux d'entre eux. Les deux gars n'ont pas bu une goutte d'eau ni mangé quoi que ce soit, c'est ramadan. Ils affrontent la chaleur, les obstacles, la poussière et les pierres d'une main ferme et sereine. On est, quant à nous, moyennement rassurés. On arrive sur une surface plus plane recouverte de sable. Mon conducteur fait une embardée pour éviter la chute et je vole littéralement de la moto. Julieta éclate de rire (mes mésaventures la ravissent toujours), moi aussi, je me relève, on repart. Le volcan se découvre. Des fumerolles s'en échappent. On arrive là-haut, on se penche. Le soufre nous fait tousser. Merveille des profondeurs et des paysages qui s'offrent au loin, tout en bas, au creux du cratère. Les entrailles de la Terre fument.

La redescente est épique. Les deux gars accélèrent, le vent nous soulève, ils sont habiles mais la vitesse est folle, je me souviens d'un moment précis où je ferme les yeux, souris et me laisse aller à ma chance. Cette ivresse de foncer à travers un paysage sublime se mêle à la peur et à l'inconscience. Les deux garçons ont, aussi, tout simplement hâte d'atteindre le bas. Virages, dérapages, accélérations : je ne sais pas comment mais nous arrivons sains et saufs au village. On dépose un maximum de billets dans leurs mains. Ils sourient. L'heure du repas est proche.

Puis le voyage reprend, et les bus repartent.

Do I care if I survive this, bury the dead where they're found
In a veil of great surprises, hold to my head till I drown
Should I tear my eyes out now, before I see too much?
Should I tear my arms out now, I wanna feel your touch

Should I tear my eyes out now?
Everything I see returns to you somehow
Should I tear my heart out now?
Everything I feel returns to you somehow

Quand elle écrit, Deborah Levy divague, tisse et retisse sa vie, en quête d'un espace renouvelé de liberté. Elle a dû louvoyer entre les obstacles : être femme, exilée, mère, écrivaine, isolée, divorcée. Si elle se fraie un chemin et divague c'est pour mieux guetter, sans la forcer, une identité flottante, un espace où habiter. Je n'ai pas rencontré de telles difficultés. J'ai vécu dans des pays en paix, j'ai grandi dans une famille de classe moyenne, qui est devenue supérieure avec les années, j'ai eu une enfance heureuse, des relations saines d'amour et d'amitié, ma couleur de peau est claire, je suis européen, hétérosexuel (quel ennui), j'exerce l'activité dont je rêvais, je suis en bonne santé (du moins à l'heure où ce livre est imprimé), j'aime et je suis aimé (enfin je crois), que dire alors ? Mille choses, j'espère. Nos vies ne sont pas trouées pareilles mais elles avancent toutes de guingois. Et même si l'on parvient à se tenir à peu près debout et droit, il y a des choses à dire et inventer. Je suis un privilégié mais la quête et le mystère sont à tous. (Et, par ailleurs, il n'est pas nécessaire que nos vies soient totalement flinguées pour être contées. Seul importe l'œil.) Si je tisse et retisse les choses ici, comme nous le faisons tous, si j'essaie de donner une forme, de creuser, de regarder pour voir si, est-ce pour redresser l'édifice, pour chercher quelque chose que j'ignore, ou pour le simple plaisir de danser avec vous ?

Je suis allongé sur un lit, chahuté par une fièvre démente. Toujours une bactérie débarque et me flingue. Un peu plus au nord, sur cette même île de Sulawesi, se trouve Tana Toraja, le pays de l'ethnie Toraja. Une terre puissante de magie, d'animaux et de sortilèges.

— Mister Pierre ! Are you doing better today ? Ooooh...

La gérante de l'hôtel me prépare, chaque matin, des infusions miracles. Je ne parviens pas pour autant à me lever, mais ses regards au ciel me ravissent.

Après une semaine au lit, me voilà sur pied à nouveau quand arrive l'heure du sacrifice. Le cœur au bord des lèvres, je vais devoir assister à la saignée. On monte en jeep vers un village, on se dispose en cercle autour de l'immense buffle, l'homme s'approche. Il tourne autour de la bête. D'un geste précis il tranche la chair. Les éclaboussures parviennent jusqu'à nous. Je place ma main sur ma bouche. Odeur du sang frais sur nos pieds. Le buffle dégorge. L'homme plante son couteau à nouveau. J'ai toujours détesté l'idée de ce spectacle, avant même d'y avoir assisté. Remonte en moi toute la nausée accumulée. Une demi-heure plus tard, l'homme débite la bête en morceaux, qu'il distribue ensuite aux familles du village en fonction de leur importance. Nous repartons vers la ville basse sous le soleil déclinant, dépités, abasourdis. Les cornes du buffle sont venues s'ajouter aux autres au fronton de la maison.

Pourquoi s'agiter ainsi sur la Terre ? Comme si c'était toujours la solution, l'éclaircie, l'embellie. On dirait un annuaire d'aiguilleur de trains.

J'ai longtemps cru que partir m'apporterait plus de réponses que de rester assis chez moi, je n'en suis plus si – j'allais mentir. J'y crois encore.

Faisons une pause malgré tout. Restons là, un instant, faisons quelque chose *mais sans bouger*.

Tu vois, ça marche aussi. On n'est pas obligés de toujours courir. Un intérieur nuit vaut tout autant qu'un extérieur jour.

(On repart quand ?)

Sortie de route

Voilà une preuve, tout de même : un voyage en forme de fiasco.

Ces jours-là de l'hiver 2022, j'ai bien failli perdre ma trace.

Je viens d'arriver à Lisbonne, où j'imagine vivre un temps, poser mes meubles (je n'en ai pas), mes valises (je n'en ai qu'une), disons déposer mes pieds, et je retrouve le goût des ruelles inclinées, le jaune cannelé des pastéis de nata et le calme des regards, le port ouvert sur le monde, le bleu lointain des azulejos. La ville de la langueur, des couleurs crème et des collines, la ville des demi-teintes et de la mélancolie atlantique : quelle drôle d'idée de venir ici pour reprendre vie.

À Barcelone, je n'avais plus de maison, j'ai décidé de partir. Rembobinons. Voilà ce qui s'est passé : j'oublie mon vélo bleu sur une place, lorsque je m'en souviens finalement, plus rien. Je rentre à pied. J'étends mes jambes dans cet appartement de Gràcia qu'on m'a prêté, un café à la main, des tableaux partout aux murs. Je danse dans une ruelle d'un bidonville de Lagos, entre une bande de danseurs fous et des enfants pieds nus. Je crie de joie et pleure une minute après. J'ai perdu tout ce que j'aimais. J'ai expérimenté la douleur. Tout tremblait déjà, la grande crise du milieu, et alors tout s'est effondré. Je me sens troué, dispersé en morceaux. Je me lève avec une barre sous les yeux. Ça doit s'appeler une dépression. Oui c'est bien ça, confirme ma psy María. Je voudrais dire en quelques mots simples la déchirure, le vide. J'en avais jusqu'alors une connaissance théorique, qui devient très pratique : incapacité d'agir, turbulences en plein vol, angoisses fulgurantes, chute libre. Des anxiolytiques pour apaiser, mais quoi pour relancer ? J'ai perdu mon sol et mon territoire.

Je vais de canapé à peine dépliable en hôtel yogi sur la côte. Je me déplace avec des putains de tote bags. Je pars à Lisbonne. Mon corps se plie en une nuit à son nouvel environnement, il est habitué. Je bois trop. Je dois me confronter à mes pires peurs : le regret, la solitude. Je lance de toutes mes forces des boomerangs qui me reviennent en pleine gueule.

Ma grande erreur est d'avoir cru que ma vie n'était pas un chaos. Rien dans l'existence n'est autre chose. J'ai grandi dans l'harmonie et la joie, ce qui vous donne le pli possible du bonheur, mais ne vous prépare guère au désordre et à la peine. À l'aube de mes quarante ans, je les découvre enfin – il était temps.

J'ai plus appris dans ces deux mois qu'en deux années de joie et je ne sais pas si c'est une bonne nouvelle. J'ai peur dans le noir. Je me sens bien dans le noir. J'aimerais vivre dans le sommeil, ne plus sortir du pays des songes. J'ai une douleur dans le sternum que je n'arrive pas à apaiser. J'ai essayé de reprendre mon envol et me suis écrasé à terre. Je n'ai plus rien à perdre.

Que s'est-il passé, exactement, à ce moment où j'ai perdu ma route ? Plus de signalisations, plus de sol sous mes pieds. Plus ta main où glisser la mienne. Les digues ont rompu, mon corps a chuté. Depuis des mois déjà je prenais l'eau. Je pourrais trouver des explications mais les explications ne servent à rien. Nous ne faisons souvent que chercher des causes là où il n'y a rien d'autre que les faits, bruts et sans raison. J'appelle le 911, comme dans les films américains. Les amis me répondent et me sauvent. Je repars au plus vite à Barcelone – j'avais peut-être une maison finalement.

J'ai lentement atterri. Ça a été long, mais je suis de retour – même si j'ai peur, depuis, que le vent s'infiltre à nouveau dans la brèche et emporte tout.

Autobiographie d'un corps

Je voudrais revoir l'enfant, comprendre peut-être quelque chose. Je vais tenter, à défaut, de m'approcher à nouveau. Quoi cette chair. Où cette peau. Qu'ont-elles à dire. Je ne suis pas sûr d'avoir l'âge de mon corps. Je suis sûr de vouloir ce qu'il veut. Je pense qu'il en a longtemps su plus que moi. C'est sans doute toujours le cas. Je ne pense pas que nous soyons différents, nous sommes la même chose, bien sûr, malgré tout il est, je crois, légèrement en avance sur moi. Il a la spontanéité des enfants, il a la prescience des sages. Il est pur mouvement, il ne sait rien, ou plutôt il ne cherche pas à savoir car il sait depuis longtemps. Son savoir lui vient des milliers de corps dont il est issu. Cela dit, il doit tout réapprendre et moi je ne vois que ça. Mon corps est empoté, lourd, déréglé, il est inadapté au monde et aux choses, il est parfaitement banal et capable de mille actions, comme n'importe quel autre.

Pour autant, je n'ai aucune envie de disparaître.

Le matin, mon corps est une vieille machine rouillée ; après manger, la machine ralentit pour assimiler la nourriture ; le soir elle est si fatiguée que je dois l'allonger des heures durant pour en retrouver l'usage le jour suivant. J'ai toujours mal quelque part, il faut toujours que je fixe mon attention sur un point de mon corps, qui, du coup, me fait mal, mais sans ça je n'existe pas. Quand je n'ai pas mal, je ne sens rien. C'est ce que les gens doivent appeler le bonheur : quand il n'y a rien d'autre que le rien. C'est très agréable, ça ne dure pas. Je recommence (par habitude, par vice) à me concentrer sur un point de douleur, le plus souvent imaginaire.

Je suis toujours en retard sur mes gestes. J'hésite, je ne suis pas sûr. On pourrait faire comme ça, mais on pourrait aussi faire comme ci – alors comment décider ? Tout me paraît envisageable. Pourquoi renoncer à cela. Comment faire pour trancher. Où aller.

Adolescents, on adorait Kurt Cobain, mon frère et moi, parce que sa colère éclatait juste et à temps. Puis j'ai aimé regarder Lionel Messi jouer parce que son pied en sait toujours plus que lui.

Mon corps ne répond pas à mes désirs. Quand je lance ma main pour attraper une tasse, je ripe et la fais tomber. Je me cogne contre les coins de table, contre les fenêtres entrouvertes, je ne suis pas en phase, toujours légèrement à côté. Je sais pourtant à peu près vivre, où dormir, où trouver à manger, on pourrait presque dire que j'existe, mais je ne sais pas comment placer correctement mes pieds. Que faire avec toute cette peau ? C'est un bordel pas possible. Le réel n'adhère pas, il refuse de se plier à mes exigences, alors je le contourne et c'est pire. Le réel glisse et s'échappe.

Tout cela cesse quand je voyage, quand je marche, quand je danse. Je suis pourtant un piètre danseur, je ne fais que lancer, sans y penser, mes jambes et mes bras, mais le mouvement et la musique me portent et j'ai l'impression que tout tombe juste, que mon corps est là où il devrait être et qu'il bouge comme il devrait le faire.

Car c'est bien lui qui m'a offert la porte d'entrée. Sans lui, rien. Par la magie des synapses, des alliances entre les membres, les organes et les nerfs, par l'alchimie qu'il met en œuvre entre toutes les pièces, je vis une expérience unique. Merci. Tout ce que mon cerveau ordonne de faire au reste de mon corps, il le fait, il s'exécute, étonnant de précision tout à coup.

On n'est jamais entièrement seul dans un corps. On manœuvre à plusieurs.

Je hais les gens qui ne gèrent pas l'espace dans lequel ils se déplacent. Lorsque je marche derrière quelqu'un et que je m'apprête à le doubler sur le côté, non seulement cette personne ne me voit pas, ne sent pas ma présence, mais en plus elle se déporte légèrement du même côté, précisément celui par lequel je voulais la doubler ; est-ce pour me bloquer, même inconsciemment, le passage ? Ou bien, comme attirée par la chaleur de mon corps approchant, se déplace-t-elle également, se calant sur le même rythme, comme dans une danse secrète et intolérable ? Est-ce tout simplement une illusion d'optique : j'ai l'impression qu'il se décale sur le côté parce que je m'en rapproche ? Ou bien – et c'est aussi envisageable – n'est-ce qu'un accès de folie sociopathe. Le trottoir est si large. Je serais, dans tous les cas, prêt à étrangler cette personne à mains nues.

J'oublie les détails et j'oublie les grandes choses. Comme tous, je vis tellement à l'intérieur du présent qu'il s'écoule de moi en même temps qu'il y entre.

Les émotions me jettent contre les murs et me font tomber par terre. Le réel me dépasse, il est trop affilé et tranchant pour moi.

Je suis entièrement disponible aux choses ; du coup elles arrivent.

Je voudrais m'enfoncer sous des tonnes de fiction pour le restant de mes jours.

L'excès de réalité fait mal aux yeux. Je passe mes journées à essayer de la reformuler, de changer les règles du jeu qu'on m'a imposées ; le film se poursuit exactement de la même manière.

Je veux toujours plus. Si je n'invente pas, je m'ennuie. Et pourtant, ce que je vois est tellement riche qu'il me faudrait mille vies pour tout expérimenter.

Mes bras et mes jambes ont des choses à me dire. Je tends l'oreille. Je n'entends rien.

Je me souviens parfaitement d'un temps où je n'étais pas moi.

J'ai longtemps été incapable de m'engueuler bruyamment avec quelqu'un sans trembler de tout mon corps, comme ma mère. Et puis ça a changé. Dompter la colère, peut-être, mais ne pas l'éteindre.

Un jour à Barcelone, en 2007, j'ai écouté trois fois de suite le dernier album de Radiohead, *In Rainbows*, sorti la veille, puis j'ai descendu l'escalier et j'ai croisé de l'autre côté du trottoir le chanteur du groupe, le génial Thom Yorke, en balade avec sa femme et sa fille. J'ai raconté l'histoire à plein de gens : certains m'ont cru.

Il y a des visages si beaux que je ne verrai jamais alors que je vais voir celui de Donald Trump chaque jour jusqu'à sa mort.

Heureusement qu'il existe les huîtres pour justifier l'existence.

J'ai tout oublié, sauf les grandes joies et les hontes.

Je me souviens parfaitement de cette matinée où le débile de la classe m'a humilié. En revanche, j'ai oublié le maillage des jours, les fêtes d'anniversaire, les robes de ma mère.

Mon corps est la source de toute ma peine et de toute ma jouissance. Un jour, je le sais, j'y serai en paix.

Je suis un homme et une femme, je suis solaire et souffreteux, je suis voyageur et sédentaire, colérique et doux, passionné et dilettante, entier et changeant, sauvage et calme. Je suis tout ça dans un même corps. Dès que je pense m'avoir saisi je m'échappe à nouveau. Je ne m'appuie sur rien de sûr. Je suis un marécage.

J'ai croisé tout à l'heure un aliéné dont les yeux faisaient des tours dans leurs orbites. Comme à chaque fois j'ai été effrayé. C'est ce qui me terrifie le plus, je crois, l'abîme qui s'ouvre sous nos pieds, le vertige de la folie. Je sais que je peux être avalé à n'importe quel moment par ce vide-là – comme je l'ai vu, à plusieurs reprises, autour de moi. Je fais comme si ça n'arrivera pas. Je sens bien pourtant que la folie nous guette tous, à chaque coin de rue. Et que si l'on tombe ce sera l'horreur, la vraie, comme dans les ténèbres d'*Apocalypse Now*.

Pour autant, je préfère toujours que l'eau et la force me submergent.

Je regarde le tableau de Francis Bacon, *Trois études de figures au pied d'une crucifixion*, et je vois la chair à vif, le corps tordu, j'entends le cri et je voudrais plonger à nouveau, regarder de très près et essayer de comprendre. Les nerfs. Le sang. Les gestes. Quelque chose m'échappe toujours. Suivre les conduits, les veines, les sillons. Jusqu'au bout, jusqu'aux creux. Alors on saurait un peu mieux.

Et puis non, je renonce, je vais plutôt me pencher sur l'incongru, l'accessoire, qui disent parfois davantage que ce qui compte véritablement. Il faudra d'ailleurs bien les rassembler un jour, ces objets, visions, conversations, ces petits cailloux qui nous ont fait virer de bord, quand bien même ils ne signifiaient rien. Le jour où ce con de Cédric m'a poussé, en CM1, dans l'étang du Boulard. La honte que j'ai ressentie. La culotte que, de retour à l'école, la maîtresse m'a donnée pour me changer. Le jour où une remarque parfaitement absurde m'a blessé, sur un quai de métro. Le jour où Igor Bogdanoff s'est approché de moi. Il était parti, une demi-heure plus tôt, avec son frère, pour prendre un train, qui allait les mener vers un rendez-vous important. On s'était rencontrés la veille. Je lui demande ce qui s'est passé. Oh rien, me dit Igor. Ben si, vous avez raté le train. Quel train ? me répond-il. Celui de 13 h 15, je dis. Il me sourit (il faut imaginer un visage d'adorable mutant). Ce train n'a pas existé, me répond-il. Je fronce le sourcil droit. Grichka prend le relais de son frère, l'un finissant presque toujours la phrase de l'autre. Écoute, Pierre, c'est simple, ce train n'a pas existé pour nous. Nous ne sommes pas montés dedans, notre voiture est arrivée en retard : ce voyage n'a pas eu lieu. Et l'émission où vous étiez invités ? demandé-je. Quelle émission ? me répondent-ils. Aucun des deux frères ne dira les phrases suivantes mais elles seront décisives pour moi : inutile de consacrer la moindre parcelle d'énergie au remords, au regret, à ce qui aurait pu être, à ce qui aurait dû être, à ce qui n'a pas été. Dans ce train parti sans eux, il y avait, je crois, tout cela – en tout cas je l'ai entendu ainsi. Évidemment, je passe une partie importante de ma vie à la dilapider dans des choses vaines, mais depuis ce lointain après-midi de novembre, je m'efforce, autant que possible, de réduire cette part et de me concentrer sur ce qui se loge entre mes mains. Ce qui n'y est pas, ou plus, ne me concerne pas, et ne devrait pas m'occuper ou m'épuiser : voilà ce que m'ont soufflé ces deux inconnus, ce jour-là, et leur phrase, parfaitement anodine pour eux, fut décisive pour moi. Elle est devenue une sorte de légende familiale, mon frère s'y réfère souvent en parlant de ces événements qui, ne nous ayant pas pris à leur bord, n'ont pas existé. Il y a là tout ce vers quoi on aimerait tendre : le calme face à ce qui advient, un détachement, un stoïcisme souverain, une manière d'accepter ce qui doit l'être et de lutter, au milieu de la grande houle, pour ce qui est de notre seul ressort. Ne pas donner prise au remords, à ce qui n'a pas été, ce venin. Bien sûr, je continue à faire exactement le contraire, mais ce parfait détail m'aura tout de même ouvert une voie.

Saint Augustin écrit dans *Les Confessions* cette chose sidérante qui oriente nos existences : « En revanche, ce qui m'apparaît comme une évidence claire, c'est que ni le futur ni le passé ne sont. C'est donc une impropriété de dire : "Il y a trois temps : le passé, le présent et le futur." Il serait sans doute plus correct de dire : "Il y a trois temps : le présent du passé, le présent du présent, le présent du futur." En effet, il y a bien dans l'âme ces trois modalités du temps, et je ne les trouve pas ailleurs. Le présent du passé, c'est la mémoire ; le présent du présent, c'est la vision directe ; le présent du futur, c'est l'attente. S'il m'est permis d'user de ces définitions, alors, oui, je le vois, je déclare, il y a trois temps, et ces trois temps *sont*. Je veux bien que l'on continue à dire : "Il y a trois temps : le passé, le présent, le futur", selon un abus de langage habituel. Soit ! je n'en ai cure, je ne m'y oppose pas ni ne le blâme, pourvu toutefois que l'on comprenne bien ce que l'on dit : ni le futur ni le passé ne sont un présent actuel. »

Voilà, c'est ça : je crois au présent comme au seul temps qui les engloberait tous. Voilà la manière de vivre et d'écrire que j'aimerais explorer. Écrire au présent de l'indicatif, dans un temps grammatical et existentiel qui contiendrait tous les autres.

Tout est présent et vivant au même moment. Tout existe là, devant moi, mes douze, mes vingt-quatre et mes quarante et un ans, en même temps.

Je pourrais expliquer, étayer, détailler les visions, les événements, les récits, mais cela n'a aucune importance. Ce qui en a, en revanche, c'est ceci : tous les temps peuvent être convoqués à notre table.

Je regarde, dans la lumière orangée du matin, cette reproduction du tableau de Basquiat, *Head*. La puissance, l'inventivité, la rage – tout ce dont on rêve, bien sûr.

Je n'en ai pas fini avec lui – pourquoi vouloir en finir d'ailleurs ? J'ai tant de choses à apprendre encore, un roman est loin d'avoir suffi. Basquiat est un chaman, une immense caisse de résonance, il est comme le personnage de *L'Aleph* de Borges, qui vit l'instant des instants, qui voit et entend tous les mondes et les temps à la fois : « Je vis la mer populeuse, l'aube et le soir, les foules de l'Amérique [...], une toile d'araignée argentée au centre d'une noire pyramide, un labyrinthe brisé (c'était Londres), je vis des yeux tout proches, interminables, qui s'observaient en moi comme dans un miroir, je vis tous les miroirs de la planète et aucun ne me refléta, [...] je vis des grappes, de la neige, du tabac, des filons de métal, de la vapeur d'eau, je vis de convexes déserts équatoriaux et chacun de leurs grains de sable, je vis à Inverness une femme que je n'oublierai pas, je vis la violente chevelure, le corps altier, je vis un cancer à la poitrine, je vis un cercle de terre desséchée sur un trottoir, [...] un couchant à Querétaro qui semblait refléter la couleur d'une rose à Bengale, ma chambre à coucher sans personne, je vis dans un cabinet de Alkmaar un globe terrestre entre deux miroirs qui le multiplient indéfiniment, je vis des chevaux aux crins denses, sur une plage de la mer

Caspienne à l'aube, la délicate ossature d'une main, les survivants d'une bataille envoyant des cartes postales, [...] des tigres, des pistons, des bisons, des foules et des armées, je vis toutes les fourmis qu'il y a sur la terre, un astrolabe persan, [...] la circulation de mon sang obscur, l'engrenage de l'amour et la transformation de la mort, je vis l'Aleph, sous tous les angles, je vis sur l'Aleph la terre, et sur la terre de nouveau l'Aleph et sur l'Aleph la terre, je vis mon visage et mes viscères, je vis ton visage, j'eus le vertige et je pleurai, car mes yeux avaient vu cet objet secret et conjectural, dont les hommes usurpent le nom, mais qu'aucun homme n'a regardé : l'inconcevable univers. »

Depuis que j'ai lu cette nouvelle, l'Aleph m'obsède et plane souvent, je le sens, sur ce que j'écris. On ne pourrait mieux dire l'infini, le vertige qu'il nous donne, la joie aussi.

On marchait dans Buenos Aires, en 2003, Thomas et moi. Daniel, fantasque érudit, nous montrait sa ville. L'été austral flamboyait sur nos têtes. Je lisais les mots espagnols sur les écriteaux, qui dansaient à mes oreilles. On parlait de littérature, de Boca Juniors, des couches successives d'émigrations qui avaient bâti son architecture et son identité si singulières. On était devant un kiosque à journaux et je me suis dit, voilà je ferai ça, j'apprendrai cette langue qui sonne si bien, et je lirai

Borges et Cortázar dans leurs propres voix. Je pensais ça, dans un moment d'euphorie en traçant des poèmes sur mon petit carnet. Puis un jour, c'est arrivé.

Un autre jour, je ne saurais dire lequel, je reçois en pleine gueule la liberté sans bords de Basquiat. Elle m'éclaire. Il devient mon maître, un nouvel ami cher. Je le regarde faire et j'apprends tout en le voyant composer, raturer, refaire, lire interpréter reformuler, ordonner la matière brûlante.

Il s'attelle, lui aussi, à la création d'une œuvre capable d'éclairer le chaos du monde en l'organisant, le dupliquant, le reformulant. Basquiat parvient à être présent sur tous les plans et dans tous les arts en même temps. Il écrit, biffe, relate, construit un vaste récit à partir de l'immense poème dadaïste qu'il a devant lui, il scratche, repart dans l'autre sens, laisse son doigt traîner sur la toile, il ne cesse de varier le rythme, de le couper, de le brusquer. Il tisse une toile hétérogène, complexe, harmonieuse dans son désordre, qui nous éclaire.

Comme Charlie Parker, comme Marcel Proust, il n'effeuille pas le mystère, il le ramifie et l'augmente. Le magma et la lumière : danser au milieu et se taire.

La littérature étouffe, elle aussi, si elle ne se confronte qu'à elle-même. Il faut l'ouvrir, la déplier, et le livre jaillit hors du livre. La littérature est à la fois une forme artificielle et du pur corps, elle est dans le monde et en dehors. Elle ne reconnaît aucune frontière théorique, géographique, physique – comme la texture même du réel, qui circule avec une extrême fluidité, le livre se défait de son habit de livre et sort se promener.

Quelle langue choisir, dès lors, pour dire ce monde ? Comment sculpter son outil, à l'ombre des silhouettes et en plein dedans ? Une langue singulière et métissée, taillée en secret des regards, frottée aux nouveaux sens et aux autres sons, ravaudée et relancée, affinée et endurcie ; un rêve d'écrivain : créer une langue à l'intérieur de la langue.

Il faut pour cela traîner dans les bars, les ruelles et dans les cabinets dentaires, laisser traîner son oreille dans les ports et les wagons-lits, apprendre les argots et les langues de métier, causer le raide et le brutal, s'emplir de mille voix fêlées et de mille éructations. Écrire, ça pourrait être ça, comme un rivage s'emplir et se vider.

Plonger dans le nouveau, l'étrange, le désuet, le vulgaire, le tranchant, le bureaucratique, sans en ressortir contaminé pour autant. L'écrivain s'immerge dans toutes les langues sans perdre la sienne, qui ressort raffermie et enrichie de la langue de Balzac et de son Palais-Royal, des chuchotis du pêcheur japonais et des entrelacs fiévreux de la phrase d'un ivrogne russe nommé Dostoïevski.

Une traduction qui parviendrait, d'ailleurs, à laisser passer entre ses filets quelque chose de l'étrangeté d'une langue troublante et singulière serait une traversée fertile.

On ne connaît jamais les langues, on connaît à peine la sienne. Jamais je ne percerai le mystère de l'espagnol, que je parle pourtant chaque jour depuis dix-huit ans, jamais je ne pourrai entrer sous la surface, dans la chair et la texture des mots, je nage pourtant dedans, je rêve en castillan, mais quelque chose m'empêche d'atteindre la vraie pulpe des mots, et c'est l'enfance. Jamais on ne sentira véritablement dans son corps le poids des mots *mer*, *neige*, *mort* si l'on n'a pas grandi avec eux, et l'écriture, sans cela, est à peu près vaine. En revanche, une liberté nouvelle peut naître, une surface plane sur laquelle se réinventer, bâtir une autre identité.

Ce visage, cette rue, cet instant

Chaque jour j'opère différemment. Chaque jour je change de technique. Je m'allonge sur mon lit, dans ma chambre, je m'assois sur le balcon. La rumeur de la calle Blai et de sa trentaine de bars me berce et m'emmène lentement vers ce visage, cette rue, cet instant, et je me laisse porter par la vague aléatoire et alchimique, au gré de son désir. Je ferme les yeux et la valse débute. C'est ce moment que je recherche. Des associations se font. Je me laisse faire, mon corps travaille pour moi. Je descends une rue de Brooklyn, entre dans un pub sur le côté droit. Il fait froid, un match de basket à la télé, je commande une Brooklyn Lager au comptoir. Je me love dans cette ambiance chaleureuse. Je suis dans une auberge en Nouvelle-Zélande. Une semaine à regarder la pluie par la fenêtre. Le visage souriant de Pédy dans les odeurs de bougainvilliers et de fleurs trempées. Nos K-Way dégoulinent, il y a des vendeurs de donuts et de fish and chips. Et ce Chinois qui – je sens que je pars vers un demi-sommeil, cette ligne de crête de la sieste, ou plutôt de la cuillère, comme on l'appelle, celle que l'on tient à la main et qui tombe lorsqu'on s'endort. Je reconnais ces limbes à plusieurs choses ; on tombe plus bas, on s'éloigne pas à pas ; et, surtout, la fiction débute. Aux souvenirs enfouis succède le rêve, qui les tord, les réinvente. Et là, à 16 h 05, débute une conversation en anglais avec un homme dont j'oublie immédiatement les traits. Il est question d'arnaque financière sur un rythme ralenti. Je m'éloigne. Je bafouille quelque chose. On n'est plus sur Terre, ni dans le rêve, on est dans un troisième lieu. Je me tiens sur l'arête, avant de revenir. Parfaite cuillère : une fois goûté l'autre côté, le repos instantané qu'il procure, on est déjà de retour.

Des chambres, avec des lits dedans, il y en a tant, comme la mienne aujourd'hui, dans le quartier de Poble Sec, toutes en forme de vaisseaux fantastiques. Il y a toutes ces chambres d'hôtel perdues qui m'émeuvent et m'emplissent de tristesse. Il y a cette chambre d'Agra, étroite, vétuste et blanc cassé, où le vertige de la nuit avait teinté l'émerveillement du jour. Il y a la chambre de Vienne de mon enfance, dans cet immense appartement en forme de U qui s'enroulait au-dessus du temple protestant et dont nous faisions le tour en courant. Il y a ces chambres de

Gordes, de Cologne, du cap Corse, de la côte bretonne, où je me suis blotti. La chambre de Santiago de Compostela qu'arpentait sans fin mon ami tatoueur Danny, en proie comme toujours au délire. Chambre de Brive où nous n'avons pas dormi, tant de peau à explorer. La nuit mon corps prend les plis du lit et s'y modèle. Au matin je ne retrouve que des traces d'exploration dans ces marques sur mes bras. Chambre en pierres de Rome, j'avais dormi en chien de fusil contre le mur brûlant, nuit violette et tiède du Beaujolais, je lisais sans pouvoir m'endormir *Clair de femme* de Romain Gary trouvé dans la bibliothèque, dont la lumière douce est à jamais enlacée à ces murs, nuit trop silencieuse du Lot, j'entendais le vol bas des moustiques, nuits d'insomnie, nuits amphétamines et Lexomil, nuits dans les sous-bois des raves ou la lumière tremblée des hangars, nuits traversées en éclair, tant de nuits négligées, sacrifiées, ce lit sans fin et molletonné de Big Sur dans lequel j'écartais les bras, la lumière séquoia du dehors, cette chambre calle Verdi où nous avions si froid en hiver, si chaud en été, où nous étions heureux, tant de lits dans lesquels je me suis enfoui, où j'ai voyagé immobile, mes plus belles virées, lits d'hiver, lits cassés, celui-ci, à Tripoli, dans le nord du Liban, s'était fendu en deux quand je m'étais jeté dessus, exténué par l'angine, lits d'extase, lits refuges, couette épaisse sur moi et partout.

Et puis il y a notre lit superposé sur lequel nous avons passé notre enfance, mon frère et moi, dans lequel je n'avais jamais froid.

J'entrouvre les yeux, je suis toujours allongé sur mon vaisseau de la calle Blai, et me parviennent aux oreilles de nouveaux sons, jour d'école, cri d'une mouette, le rire tressautant de Guilaine flottant dans mon tee-shirt Charlie Hebdo (on s'est tant aimés, ses belles lettres me le rappellent), le pont du lycée sous lequel nous allions boire du mauvais rouge et manger du saucisson, le vendredi à la pause, mes piliers Steph, JB et Seb, les brouettes que nous volions la nuit, les herbes folles de l'adolescence qui nous protégeaient. Le groupe des gais lurons, notre blaze, m'y voilà, les provocations, les délires, l'amitié comme tranchée et entrée dans le monde, par la bande. Décalés, rebelles, assoiffés : on avait seize ans, on les a encore.

Le serpent d'or. Mes pieds dans l'eau. Je glisse sur les pierres. Je vois à travers, je fais corps avec le lit de la rivière. Comme chaque début d'été, depuis des années, je suis à Josat, en Haute-Loire, lieu-dit de cinquante âmes, en compagnie d'Arnaud, Charlie et Jonathan, amis de vingt ans. Tous les débuts juillet, nous nous retrouvons ici, dans ce Montana français : vert vif, collines flamboyantes, lumière caramel. Et nos pieds dans la Senouire, le serpent d'or en langue d'oc. Légèreté, amitié, LSD. Je glisse sur les pierres du serpent d'or, la douceur de l'eau me parle dans une langue que je comprends. Je me retourne. Arnaud est nu entre les galets. Charlie, casquette sur crâne, me sourit. On se comprend. Au lycée déjà son sourire me rassurait. L'acide appuie sur mes muscles, sur mes nerfs, il se fraie un chemin dans mon corps, il travaille pour mieux réaliser son œuvre – laquelle, on le saura plus tard. Je glisse sur les pierres.

La nature se met à parler, les nuages en particulier. L'élémentaire devient complexe, les objets s'altèrent, et l'on commence à voir. L'intensité de la forêt autour de nous. La limpidité de notre souffle et de l'existence qui bat dans mon ventre. Le feu à l'intérieur de toute chose. Le LSD n'est qu'un accélérateur, il n'est pas la clef, il ne fait que raccorder, relier, assembler – les synapses et le monde font le reste.

Quelques heures plus tard, je m'éloigne, un bâton à la main. Quelque chose m'attend. Après un passage par des zones marécageuses et obscures, j'arrive dans un champ inondé de soleil que je reconnais immédiatement comme mon jardin. Ce champ est mon cœur. Et je vois, en le traversant, les êtres et les choses qui y habitent, en premier lieu la fille que j'aime. J'arpente mon territoire, mon bâton à la main, et c'est une vision puissante et instantanée qui me renverse.

Et là, dans ce grand battement, je comprends qu'il faudra être fort pour pouvoir supporter la puissance des choses, la déflagration du réel. Il faudra être fort parce que cela déferle vite et sans trêve, mais à ce moment-là, je me promets d'essayer. Je n'ai pas le choix, de toute façon, si je veux être vivant et si je veux être artiste, alors je me dois d'être à la hauteur du défi – ou au moins d'essayer. Le feu nous brûlera, c'est certain, mais on y apercevra peut-être des reflets féroces, sublimes, et on ne pourra avancer qu'à l'aune de cette lumière-là.

Un après-midi, à Berlin, nous avions visualisé l'infini entre nos mains. Je me souviens très précisément de cette sensation, lointaine pourtant, comprendre dans ma chair l'infinité de l'univers, et ma place dedans. Je me souviens des larmes de Julieta. Je me souviens de la force de notre vision, de la grâce et de l'apaisement. Tout est en place, je le comprends, je suis dedans.

Je glisse sur les pierres. Le serpent d'or, les amis, la lumière de juillet. Les paquets de chips à l'arrière de la bagnole qui sent le chien et les herbes sèches. Nos phares dans la nuit, le rock psychédélique, la lune rose. Le rire d'Arnaud, les andouillettes sur le feu, le dessin fou des braises. Les pieds nus dans la terre, les étoiles parsemées. Et c'est tout.

Puis je reprends la voie rapide et ouvre le beau carnet turquoise, celui de la première partie de notre tour du monde, avec Thomas : « Tant de noms me faisaient alors rêver : Terre de Feu, cordillère des Andes, Buenos Aires, Santiago, Caracas, Shanghai. Peut-être est-ce en laissant glisser son doigt sur une mappemonde que l'on découvre la force poétique et évocatrice des mots. Mon amour des mots vient, j'imagine, de là. » Cela ne ramène pas les jours mais au moins les pensées. Et un sentiment si puissant, qui m'a quitté mais dont je me souviens : « Tant de rêves qui se réalisent provoquent une sensation étrange : je me sens si plein que j'approche du malaise. Je vis habituellement, comme tout le monde, en compagnie d'une perspective d'avenir motivante. Cela accompagne un présent agréable et le relève parfois quand il perd pied. Or, maintenant, tout n'est que présent d'une intensité absolue, sans perspective différente, et ce gonflement du présent est infiniment grisant, il provoque une sensation de bien-être si neuve, qui s'accompagne, parfois, d'une sorte de trop-plein. C'est un nouveau sentiment très intéressant. Et puis il y a cette liberté totale, d'aller ici ou là, de rester ou de partir, qui m'enivre comme un bon vin. Pour fêter ça nous partons, droit devant, cap vers l'est. »

À partir de là je dérive, je revois en effet cette extase sur la route, qui renverse le cours des choses. Dès lors tout sera placé sous l'égide de ce qui se dessine lors de ces premiers jours sud-américains : la route la liberté l'amitié indémêlables.

En tirant sur le fil tout revient : la cavale en Patagonie les étincelles partout Buenos Aires fureur Valparaíso Santiago les sauts de joie dans Valdivia les regards notre tente accrochée aux flancs de la montagne les lacs turquoise les condors, un mois et demi de stop en Nouvelle-Zélande avec Guilaine, nord-sud, la chaleur épaisse de l'Australie, la folie Saigon, l'errance l'Asie moto karaoké, la camaraderie, le vertige les bus les temples dans la jungle, l'aventure longue, l'apprentissage. Aller très loin, trouver ce qu'on n'attendait pas.

Je nous revois à l'extrémité du voyage, sept mois plus tard, exténués, pleins à ras bord, racés, rincés, élimés comme des couteaux. On est à Bangkok et les choses sont en train de s'accélérer sérieusement, bouquet final. On vient de faire la rencontre d'un incroyable baroudeur québécois, Denis, et de deux étudiantes délurées. Quelques heures plus tard, l'une d'elles me guide dans les ruelles de Bangkok, entre les murs en béton inachevés. Son dos devant moi, sa main dans la mienne. Je souris en pensant au moment que je suis en train de vivre. Je me souviens m'être pincé fort la joue pour, comme me l'a appris mon amie Laëtitia, entailler le cours du temps par la sensation physique. J'entends encore le rire dément de Denis qui faisait trembler le plancher en bois de la guest-house. Un pur génie de la vie. Sur son visage toutes les strates d'une existence consacrée à vendre, à acheter, à courir, à crier, à tracer son dessin singulier. Je le regarde. Avec lui on tient notre apothéose.

Et Bangkok – comment achever ce dessin ailleurs –, des portes ouvertes sur des appartements, des salons où l'on s'entasse, des stands ambulants offrant les plus délicieux plats du monde, bouffées de pad thais, de porc grillé, le délire et l'universelle saloperie, et Denis crie, et on le suit. Dagues fusibles stands bouddhas shots de vodka rideau rouge danse visages émaciés fin de la route hululements dans la nuit.

Cut – mes sandales flottent dans l'eau de la mer d'Andaman, quelques jours plus tard. Ko Pha Ngan.

Je fête mes vingt et un ans aujourd'hui. Tout au bout de la route. On est dans une auberge joyeuse, des gens venus de partout, ça boit, ça fume, ça surfe. Je nage, je lis des romans policiers, je marche dans la jungle. Je suis épuisé et apaisé. J'ai tout donné. Je vais rentrer.

Je suis souvent revenu à ces images, comme à la pliure de moi-même. On sent parfaitement lorsque le temps se précipite et que les choses décident, seules, pour vous. Merveilleux moments d'accélération pulsionnelle où les instants se densifient, où tout se joue. Ferme les yeux et jouis de la vitesse. Leur succèdent souvent de longues plages de calme, des inerties, des redescentes, des quiétudes, avant que ne reviennent des déflagrations (les plus récentes : 2010, l'hiver 2021, l'automne 2022), où il faut s'accrocher ferme, prendre les bonnes décisions au moment juste, tout en profitant de la cavale.

D'autres socles et d'autres couches de nous, visions de Stéphane, mon roseau fiable et déconneur, visions de JB et Seb, gueules ouvertes pour laisser tout entrer, visions de Pédy, vieille branche hilare mélancolique, visions de Nama, mon socle solaire, de Roland et d'Alex, l'amitié radieuse, l'œil érudit excentrique de Yoann, les mains fidèles de Jerem et de Sandra, d'amis perdus aussi – les années d'étudiant à Lyon, la cour du musée de la

Résistance à côté de Sciences Po, les manifs, les bières dans l'arrière-salle, les doigts noircis par les journaux, le printemps.

Je connais gens de toutes sortes, écrit Apollinaire. Ils n'égalent pas leur destin, poursuit-il, et je ne comprends pas bien cette phrase – je trouve au contraire que les gens sont parfois, souvent, à la hauteur de leur destin immense, foutu, détraqué, dément, sublime, raté. J'aime les regarder faire, tenter, se déplier, lancer les chevaux. Avoir des amis, voilà la fierté.

L'immobilité aura été de courte durée. On est en novembre 2019, la traversée du sous-continent indien a été interrompue, je ne sais plus pourquoi. Nous atteignions justement l'île qui le borde et le ponctue d'une virgule, ou est-ce un grain de beauté : le Sri Lanka, l'île du rêve et des sortilèges.

Au contraire de Nicolas Bouvier, dont nous continuons à suivre les traces – escorter une ombre, on sait maintenant l'entreprise absurde, on continue malgré tout –, ce qui nous séduit, dès notre arrivée à Colombo, c'est la discontinuité géographique et mentale qui s'impose au premier pas hors de l'aéroport. C'est toujours comme ça que ça se passe : vous arrivez quelque part, l'air vous attrape, vous gifle, vous déplaît, vous êtes pris et c'est fait – dans le cas de Barcelone, à chacune de mes arrivées, c'est la même histoire : je sors, j'inspire l'air, et je me dis, mais quelle merveille. Et je reste.

Nous arrivons à la gare de Colombo qui s'ébroue dans le calme matinal. Tout coule sur nous comme un baume, le silence, le calme des gestes et des rues, les petits guichets si bien ordonnés avec leur rambarde et leur numéro, tout nous surprend et nous apaise après le chaos permanent. Comment un train peut-il entrer en gare avec autant d'élégance ? Comment peut-on s'asseoir dans ce café de bord de gare et que tout soit si simple et aérien ? Nos cerveaux peinent à s'y faire. On monte dans le petit train (bien rempli malgré tout), qui file le long de la côte en direction du sud. Trois heures de mer indigo, plages désertes d'un côté, palmiers de l'autre.

J'ai toujours *Le poisson-scorpion* dans la poche, que je relis depuis des années, fasciné par la puissance rêche de la langue de Bouvier, par la précision de ses phrases, par l'évocation ensorcelée de cette île. Et la voilà, finalement, cette ville de Galle tant fantasmée. On entre dans le fort, on pose nos sacs au Sunset Fort Hotel, on part dans la fournaise explorer la vieille enceinte fortifiée.

Et dès l'abord, la surprise. J'avais fini par penser connaître par cœur cette ville rance, épaisse, cafardeuse, qui m'effrayait à mon tour. Et que vois-je ce matin ? Une petite cité aux pavés neufs et aux boutiques reluisantes, aux superbes maisons coloniales retapées. Tout est parfait, délicat, angélique. Merveilleuses façades hollandaises, ruelles de lumière, petites maisons coquettes, restaurants ombragés, et ces magnifiques remparts dont on fait le tour au coucher du jour, caressés par les flots. Carte postale idéale, un peu trop. Un monde en a remplacé un autre, nous le savons bien, mais cela ne cessera jamais de nous surprendre.

On part pour la plage de Rekawa, un peu plus à l'est. On voudrait, comme Bouvier, trouver un endroit où poser nos bagages, nous installer à une table. Écrire en mouvement constant est chose bien malaisée et nous avons des livres à finir, il nous faut pour ça une maison. On la trouve tout au bord du paradis, au bout d'un chemin de terre qui court sur des kilomètres le long de la mer. Une femme russe ouvre le portail sur une succession de larges baraques blanches entourées d'immenses palmiers. Chambre simple et grand lit, on s'installe, on se baigne sur la majestueuse plage déserte, l'océan est agité, pas un seul touriste sous les cocotiers, on entre dans ce temps à part, hors-sol, dans la grande rumeur des perruches et des cormorans.

Je n'en oublie pas ma principale mission : prendre le pli de la maladie, poursuivre mon travail d'introspection. J'attaque cette fois sous un autre angle : les crises d'angoisse. Voilà un domaine que je n'avais pas encore, alors, véritablement abordé, je connaissais bien la mélancolie, le stress, une certaine tristesse, mais l'angoisse, strictement, non. C'est encore bien différent du reste, ça se joue au niveau de la poitrine, manque d'air, paralysie, mal de tête, fulgurances, sans raison ni fondement, ça tétanise et ça repart. Je suis en plein dans ma recherche, les bords du monde : j'y plonge.

Nous nous essayons, en parallèle, à la déshydratation et l'insolation. Par un dimanche après-midi brûlant, allez vous promener sur la plage. Entamez joyeusement la balade. Ajoutez du sable particulièrement friable, qui empêche de marcher plus de deux pas sans tomber, des vagues puissantes et pas le moindre espace d'ombre. Oubliez vos lunettes de soleil et tout ce qui pourrait couvrir votre tête. Rendez-vous dans quelques heures. Ne prenez la mesure de ce qui est en train de se passer que lorsqu'il est absolument trop tard pour faire marche arrière. Aucune autre étape ou pause à l'ombre n'est envisageable, il n'y a rien sur cette putain de plage. Vous voyez votre fin venir. Foutez les serviettes sur votre tête dans un vain effort pour vous protéger. Trouvez finalement un chemin vers l'intérieur. Marchez longtemps. Bientôt, vous ne répondez plus de rien. Alors seulement quelques formes, une maison, vous entrez, priez la femme de vous donner de l'eau, ce qu'elle fait, bénédiction – ça y est, vous êtes sauvés.

Bouvier considérait le voyage comme une mise à l'épreuve, un processus de dénuement qui mène au regard lucide, à la vie dans son essence même. On se dépouille entièrement, on ne laisse de soi qu'un petit savon usé, sans meubles ni foyer, plus rien d'accessoire, l'essentiel : un corps en allé au milieu du monde. Et alors inévitablement la peur l'accompagne, faudra s'y faire.

Le choc de cette révélation, à vingt ans, m'avait foutu à terre. J'avais imaginé une immense fête en couleurs ; le voyage était en réalité un exercice âpre et intime, si profond qu'on atteignait, tout au bout, le rien. Il demeurait certes un éclat de couleurs, dans le meilleur des cas une épopée, mais derrière le réel, affilé et puissant, était apparu le vide – et ça, impossible de l'oublier.

La révélation reprend à chaque voyage. Ici même, au Népal, en Inde, au Sri Lanka, bientôt en Birmanie et au Japon, plus on fatigue plus on s'enfonce, plus on voit, plus on sent. Ce n'est pas du protestantisme, c'est une mise à nu. On ne cesse de descendre en soi, chaque jour, et c'est un puits sans fond. On n'est jamais trop sûr de ce qu'on va y trouver, ni de le désirer vraiment. Et pourtant, on descend. Ce voyage, à nouveau, comme tous, n'aura été finalement que cela, poser chaque jour un pas de plus vers l'intérieur.

Au début du *Poisson-scorpion*, on trouve ceci : « Voyager : cent fois remettre sa tête sur le billot, cent fois aller la reprendre dans le panier à son pour la retrouver presque pareille. On espérait tout de même un miracle alors qu'il n'en faut pas attendre d'autre que cette usure et cette érosion de la vie avec laquelle nous avons rendez-vous, devant laquelle nous nous cabrons bien à tort.

« J'ai rasé ce matin la barbe que je portais depuis l'Iran : le visage qui se cachait dessous a pratiquement disparu. Il est vide, poncé comme un galet, un peu écorné sur les bords. Je n'y perçois justement que cette usure, une pointe d'étonnement, une question qu'il me pose avec une politesse hallucinée et dont je ne suis pas certain de saisir le sens. Un pas vers le moins est un pas vers le mieux. Combien d'années encore pour avoir tout à fait raison de ce moi qui fait obstacle à tout ? Ulysse ne croyait pas si bien dire quand il mettait les mains en cornet pour hurler au Cyclope qu'il s'appelait "Personne". On ne voyage pas pour se garnir d'exotisme et d'anecdotes comme un sapin de Noël, mais pour que la route vous plume, vous rince, vous essore, vous rende comme ces serviettes élimées par les lessives qu'on vous tend avec un éclat de savon dans les bordels. On s'en va loin des alibis ou des malédictions natales, et dans chaque ballot crasseux coltiné dans des salles d'attente archibondées, sur de petits quais de gare atterrants de chaleur et de misère, ce qu'on voit passer c'est son propre cercueil. Sans ce détachement et cette transparence, comment espérer faire voir ce qu'on a vu ? Devenir reflet, écho, courant d'air, invité muet au petit bout de la table avant de piper mot. »

Devenir presque rien, et que le monde nous emporte : c'est la peur ultime et la seule direction.

Je pars courir vers la mangrove. Les palmes ondulent au vent. Après le virage, alors que la forêt se fait épaisse, j'arrive devant un groupe de jeunes types en train de faire tomber des noix de coco. T'en veux une ? me dit le gars là-haut. Il descend, on sympathise. Il me propose d'aller faire un tour sur sa barque, le lendemain. Il rame. On découvre la sublime mangrove, les singes et les paons, et les flamants roses qui s'amassent à l'heure bleue.

Je recroise chaque jour notre nouvel ami, Ravindu. Il est aujourd'hui en train de couper du bois sur le petit chemin. Viens, me dit-il, je veux te montrer quelque chose. On traverse un grand champ, on arrive près de la plage. Tu vois, tout ça c'est à moi et à ma famille. (Il me montre le champ d'herbes folles.) Et là, regarde, j'ai installé ces planches, cette petite cabane, ici j'ai mis des haut-parleurs. (Il est grand, un beau regard droit, dans lequel flotte un peu de douleur, des ambitions déjà éteintes.) Voilà ce que je te propose : je vous donne un bout de cette terre et vous en faites ce que vous voulez. Vous installez votre bureau, par exemple, là, et vous venez six mois par an, pour écrire, pour vous baigner. Mais je ne veux pas d'argent, dit-il. Tous les étrangers essaient d'acheter nos terres, ils viennent et ils me proposent de l'argent. Je n'en veux pas. Je vous l'offre, à vous. Je regarde le champ. Je regarde Ravindu. C'est adorable, vraiment adorable, je lui dis. J'aimerais bien. Tu réfléchis, il me dit. Je le regarde, et je lui dis oui.

On reprend la route. On traverse tout le pays en bus, huit heures pour rejoindre la côte est, où l'on pose nos affaires dans un hôtel de bord de mer déserté.

Chaque jour la douceur trouble du Sri Lanka, sa beauté mystérieuse nous intriguent davantage. Île délice et violente, paisible et flottante. Île pivot, île carrefour, île passage. Île hantée et délivrée, puissante, légère, de laquelle nous n'attendions rien et qui nous emplit.

Je plonge dans les ressorts politiques de l'île, en proie aux déchirements religieux et sociaux, je pose des questions, j'écoute. Puis, quand le monde des hommes finit par me lasser, je me consacre à quelque chose de plus

haut : l'observation des oiseaux. Car l'île est sans cesse traversée de merveilleux rapaces, aigles huppés marrons mouchetés de jaune et de blanc, le martin triste l'habite aussi, et l'échasse blanche, les cygnes à l'élégant toupet, la perruche à collier vert jaune rouge pétaradants, le délicat guêpier d'Orient au panache vert puissant, l'incroyable calao de Malabar avec son double bec empilé jaune et noir. Surtout, le Sri Lanka est le domaine des paons royaux. À chacun sa couronne. Dans les rizières, sur un bord de route, au pied d'un rocher sacré, sans cesse le paon apparaît, derrière lui sa traîne royale à l'éclatant bleu saphir et violet, il passe, noble et indifférent, sur le petit chemin de terre qui sépare les deux rizières, et s'envole dans sa traîne de mariée vers les bosquets. Je m'attarde aux perroquets. À l'image de l'île, ils sont légers, indolents et sincères.

Et puis il y a les singes, géniaux macaques à toque, à la frange délirante, espiègles langurs gris, visage noir et poils blancs, aux abords des temples d'Anuradhapura ou sur la plage de Rekawa. Les buffles qui me barrent le chemin. L'effloraison sauvage dans la mangrove, l'afflux de cygnes dans le massif, où ils bruissent, s'agitent, et s'apprêtent à passer la nuit, accrochés à leur branche.

L'observation des animaux m'apaise autant qu'elle inquiétait Bouvier, dont le bestiaire était autrement effrayant et halluciné : scorpions, mouches, tous types d'insectes, cafards, cancrelats et moustiques. Tous habitent les lieux au même titre que les hommes, ils le hantent et déforment chaque jour davantage, dans un charivari de formes molles.

Je regarde le paon s'éloigner. Le soleil s'embrase derrière lui. Par un charme inversé, cette île m'a pris et happé. Je ne peux plus partir. Je ne veux plus partir.

La forme d'une vie

Nous cherchons des formes. Dedans nous pourrions vivre, nos membres s'y modèleraient, nous serions au chaud. S'il n'y a pas d'appuis nous tombons. S'il n'y a pas de sol nous glissons.

Les livres tracent des lignes que l'on peut dessiner sur un papier pendant qu'on les lit, ou qu'on les écrit. Je rêve d'une forme neuve qui m'aiderait à organiser mes pensées et mes désirs, une image qui sinuerait entre les murs et me donnerait une clef.

Je sors un à un les livres de ma bibliothèque et je reporte leurs contours sur une grande feuille blanche. Ça ne donne rien. Ces livres ont connu plus de vingt sols d'appartement, quatorze étagères, ils ne se sont jamais plaints. Où iront-ils demain ?

J'ai remis les photos dans le tiroir. Je n'y arrive pas.

Je me confronte en définitive ici, dans cet espace neuf et mouvant, aux mêmes interrogations que dans l'espace d'un roman. Je pensais que ce serait tout autre ; ce sont les mêmes doutes et défis. Comment saisir un être ? Le personnage cette fois-ci c'est moi mais c'est pareil, comment dire, que faire, il n'y a pas de prise.

Pour ça je voudrais saisir les gestes, voir ce qu'ils tracent dans l'espace, comprendre ce qu'ils essaient de me dire. Dessiner les positions, les regards, les traits. Commencer par écrire les métamorphoses de David Bowie.

C'est quoi, la forme d'une vie ? Eh bien ce serait cela, mille visages en un, mille existences en une, réincarnations, glissements, mutations. David Jones, musicien moyen, décide un jour de devenir David Bowie, mutant intersidéral / délire multicolore / voyant de l'espace. À chaque cycle de vie, il changera de personnage, de tenue, de visage, d'histoire, de musique. Il invente sa vie à mesure qu'il l'écrit, il devient personnage de sa propre existence. Quelle merveilleuse idée, quelle parfaite exécution. Et jusqu'à la fin exemplaire, mise en scène à la virgule près ; l'envol définitif d'un dandy. Son album *Blackstar* sort le 8 janvier 2016, le jour des soixante-neuf ans de l'artiste. Tout y est chant du cygne : ses yeux bandés sur son lit d'hôpital, Lazare, les textes cryptiques et joyeusement funèbres, l'étoile noire. Bowie meurt deux jours après la sortie de l'album, creusé comme un mausolée en mouvement, ultime métamorphose. Il aura sculpté ses jours jusqu'au dernier.

Dans chacune des vies que David Bowie inventait, la mort était la condition de la renaissance. Une disparition comme celle des cellules, qui procèdent en creusant la vie : en s'effaçant, elles laissent place aux suivantes, dans un éternel mouvement de remplacement.

Bowie regarde au loin, sublime sa disparition, et rejoint l'éternel été.

Je détaille ses yeux vairons – dissemblance physique aura-t-elle jamais été plus adaptée ? À quel moment notre corps prend-il le pli de nos désirs ? Je regarde son visage anguleux, le feu de ses yeux, le mélange de méticulosité et de folie, sa bouche sensuelle, son front – comment le décrire, son front ? Bowie ne cesse, comme tous les hommes, comme toute chose, de se transformer, c'est simplement plus visible chez lui : Ziggy Stardust, Major Tom, Aladdin Sane, Thin White Duke, Pierrot, tant d'autres. Je voudrais le lire ce corps qui sans cesse nous échappe.

Si l'on apprenait à vraiment regarder les visages, on n'aurait plus besoin de rien d'autre, tout serait là des hommes, offert.

Si le cinéma est si beau et passionnant, c'est qu'il nous apprend à le faire. Il n'est que ça, après tout, corps et visages en action ; le reste, le spectateur doit le deviner. Prenons *Call Me by Your Name* par exemple, le film de Luca Guadagnino sorti en 2017. Il ne se passe rien, ou presque ; il se passe tout. L'été, la chaleur, le désir qui naît, deux corps qui lentement se rapprochent l'un de l'autre, la sensualité, le rien, les mouvements des corps dans l'espace ; la vie tout entière.

Et au milieu de cet été infini on assiste à ce moment, rare, précieux, où une actrice ou un acteur passe un bras de l'autre côté de la toile, s'impose de manière si éclatante que l'on ne voit plus que lui, fait des choses avec son corps qu'on pense ne jamais avoir vues. C'est une illusion, forcément ; eh bien cet acteur parvient à vous faire croire le contraire.

C'est ce que réalise Timothée Chalamet dans le rôle d'Elio. On a cette sensation de nouveauté dans sa manière de traverser l'allée, de monter les escaliers, de mettre les mains dans ses poches, lorsqu'il fume, danse, embrasse Oliver, lorsqu'ils couchent ensemble. Et enfin, lors de la scène finale, un gros plan de quatre minutes face caméra, pendant que notre cher Sufjan Stevens – le revoilà – chante *Visions of Gideon*, qui perle comme les larmes sur le visage d'Elio. Il pleure, on a tant vu ça, mais on est pris à la gorge : son visage vit, pendant quatre minutes, sans discontinuer, d'une manière si pleine et extrême que l'on ressent tout pour la première fois.

On vit les quatre saisons du désir sur son visage, on refait le parcours à l'envers : en premier lieu la tristesse, le désarroi de l'amour qui s'achève, puis les étapes antérieures, l'ardeur, le coup de folie, la peur, le désir réprimé, les approches, l'énervement, le rien du début, et, à la fin, lorsque le sourire revient, Elio a bouclé la boucle, il est parvenu à accepter la joie qu'il y a d'avoir vécu cette chose-là, mais également le soulagement d'une réouverture du champ, d'une sortie possible hors de ce moment clos sur lui-même. Il sourit parce qu'il s'en sortira et qu'on s'en sort toujours, comme le lui a dit son père un peu plus tôt dans une déchirante scène d'amour filial : je n'ai jamais connu ce que tu as connu, toi, le temps d'un été, et j'aurais tant aimé. Après un demi-sourire, et à l'appel de sa mère, Elio se retourne finalement, et il va, lentement, on le devine, s'approcher du repas, de ses parents, du reste de sa vie. La bulle éclate ; c'est fini.

Comme Luca Guadagnino, je voudrais ne pas détourner mon regard et ma phrase, aller comme lui au bout du voyage, observer aussi longtemps qu'il le faudra, descendre à mesure, et ainsi on plongerait vraiment en eaux profondes, on pourrait peut-être atteindre les quatre saisons des sentiments.

Beauté métonymique de l'art : montrer, à travers un seul visage, notre universelle condition. Le cinéma, la peinture, la littérature suggèrent sans tout dire ou exposer, c'est alors qu'ils prennent leur envol. Ils dessinent les visages, ces cartographies des sentiments où toutes les années et les peines, où toutes les illusions, les défaites et les rêves ont laissé trace de leur passage, comme la mer en se retirant dessine un sillon sur le sable. Il y a une nudité totale dans le visage, sans la moindre protection, où tout est inscrit et offert – on pense cacher l'essentiel, or on ne peut rien dissimuler.

C'est notre carte pour naviguer, notre seule mémoire.

Il nous faut des années pour apprendre à les lire, ces visages.

Il faut en avoir vu des milliers, avoir observé beaucoup.

Il faut être allé au cinéma.

Le visage de Marlon Brando dans *Apocalypse Now*, qui joue avec la lumière blafarde, qui entre et sort du rayon vert, ce visage de la folie, de ce pays infiniment lointain qu'habite Kurtz, où plus aucune règle ni sentiment humain n'a cours ; tout ce qu'on voit sur le seul visage de Brando, qui s'est détaché de ce monde et du reste de l'humanité, nous en apprend autant que dix volumes d'études. Les visages de Monica Vitti, de Joaquin Phoenix, de Gena Rowlands, de Brad Pitt, de Meryl Streep, de Charlie Chaplin. On regarde leurs expressions, leurs gestes, les commissures de leurs lèvres, puis on sort de la salle pour rejoindre d'autres feux, plus conscients de nous-mêmes, plus armés peut-être pour l'éclat du dehors.

Clap.

Une dernière danse

J'ai refermé les cahiers. Ils n'avaient pas grand-chose à me dire.

J'ai pensé à cette phrase de García Márquez dont parlent ses enfants en exergue du roman posthume qu'il n'avait pas souhaité publier, *En agosto nos vemos*, *Nous nous verrons en août* : « La mémoire est à la fois ma matière première et mon outil de travail. Sans elle, il n'y a rien. » Il était alors en train de la perdre, et on entend la détresse dans sa voix douce et chevrotante, on l'entend dire cette phrase, avant de se taire à jamais.

Je continue à rêver d'un livre qui contienne le monde. Qui aille aussi vite que lui, qui jaillisse, embrasse, virevolte. Qui fasse la taille du monde en à peine plus petit. Je sais qu'il existe quelque part.

On pourrait se rapprocher encore des couleurs. Ce n'est pas la béatitude, ce n'est pas le bonheur, c'est un simple territoire, lumières vives et nuancées, photons et reflets. On pourrait y vivre.

Faire le tour de soi pour revenir pareil mais à côté.

Ce qui est plus intense que le reste – tout ce qui m'intéresse – est si compliqué à écrire, cela rend lyrique, et si le lyrisme est notre arme, il peut facilement être notre défaite. Ce qui nous bouleverse nous rend fragiles, friables, et nous fait (malheur) écrire les mots en trop. Et il est terrible, le bruit du mot en trop, comme l'était le bruit de l'œuf au comptoir. Il fait déraper, il impose et déclame alors qu'il fallait suggérer, il est notre allié et notre pire ennemi.

Voilà à quoi je pense accoudé à cette table en plastique pourri du quartier de la gare routière de Córdoba. Ce n'est pourtant pas la première fois que je pars, mais à chaque fois cela me terrasse, et de grands mots me viennent à la bouche dès que je monte dans un moyen de transport si possible surpeuplé dans un pays pentu. Comment écrire l'intensité, comment faire quand c'est trop ? Michaux s'en sort par l'humour, Cendrars par l'excès, Miller ne s'en sort pas mais ça fonctionne quand même. Rien de pire qu'un récit d'extase ou de voyage, plutôt décéder qu'écouter un individu raconter son ascension héroïque d'un tas de pierres ou sa traversée hallucinante d'un fleuve – tout ce que l'on ne souhaite à personne.

Et pourtant, le monde est vaste et fou et demeure irrésolu. Comment le dire ?

Il s'agirait donc de toujours se tenir sur ses deux jambes : lyrisme et retenue.

Je suis là, sous la pluie chaude de septembre, je regarde la ville s'éloigner. Je pars pour cette accélération des sens dans un corps en mouvement. On réapprend à voir, à marcher, on meurt, on renaît, que demander de plus.

L'ailleurs est une illusion et le monde une farce, on est en douze heures à l'autre bout de la planète, pas une terre qui ne porte un drapeau, et pourtant le monde nous sidère et nous éblouit encore. Quelque chose demeure malgré toutes les réserves imaginables. Pourquoi, j'aimerais le savoir. Et pour cela, élucubrations et réflexions ne suffisent pas – il faut aller voir.

La calle Blai est devenue mon artère. J'avais écrit Bali par erreur. Ma percée, mon lieu, mon abri. Comme tous mes repaires je le quitterai. Cela n'importe pas, il le restera. On accumule les refuges en même temps que l'on abandonne des couches de peau, on s'augmente et on se déleste, et ainsi on avance. À chaque heure du jour, ma rue s'anime d'une vie propre. La nuit elle bruisse des cris des buveurs. Je ne les blâme pas, je les rejoins souvent. J'aime ma rue même ainsi. Le matin elle est calme, de vieilles passantes, des enfants, des chiens, tous traversés de soleil. Je vais boire mon café à l'angle. Je m'assois sur un banc. Puis je remonte observer la rue depuis ma chambre, écrire sous ce ciel-là. Je vois la lumière persister longtemps au-dessus des toits.

Finalement on n'aura fait que ça, marcher dans des villes. Errer, observer, arpenter, ne rien chercher, parfois trouver. En 2013, pour les besoins d'un livre, j'avais suivi l'exemple de Perec place Saint-Sulpice, je m'étais assis à différentes terrasses de Barcelone pour décrire méthodiquement tous les personnages, les folies, les visions, et livrer de ma ville d'adoption un inventaire sinon exhaustif du moins amoureux. Cette opération, je l'ai souvent répétée, et aujourd'hui encore je descends de mon perchoir habité par mes amies les mouettes, et me glisse le long de ma rue. Je me laisse porter par la rumeur, je salue les amis du Koska et du Quimet & Quimet, dépasse les *pinchos* industriels, franchis l'avenue Parallel, qui n'a jamais vraiment digéré sa gloire oubliée. J'entre dans notre territoire historique, le Raval, que j'aime toujours autant, même assagi. Je traverse le square, les salles où nous dansons, le bar où l'on m'avait détroussé. Je remonte vers la calle de la Cera, le Pesca Salada, le bar en forme de ventre de paquebot, la plaça del Pedró. Sur la place du Macba, les éternels crissements des roues de skate, la douceur de la calle d'Elisabets, ma librairie, nos arcades. Les angles connus, les bars, les silhouettes amies. Je croise une connaissance, je bois une bière au comptoir donnant sur la rue, je repars. Rien n'est neuf et tout l'est. Cet éclat du ciel que je connais. Tout peut arriver à nouveau.

Il y a quelque chose ici qui me correspond, je me sens chez moi, une sorte d'évidence s'impose. C'est une question de couleurs, d'adéquation, de ciel, de peaux, de chaleur humaine et de ruelles.

Le philosophe Clément Rosset a vécu cette même illumination par la joie, cette transmutation par l'Espagne qu'il racontait ainsi dans un entretien : « Je sais bien qu'il est un peu idiot de parler d'un tempérament espagnol. [...] Mais il y a quand même certains traits majoritairement nationaux. Ce que j'aime en Espagne, c'est la gaieté, le sens de la fête, le goût de la vie qui s'exprime dans la musique et dans les danses [...]. Avec cette nuance que l'Espagne est aussi le pays de la tragédie. J'ai beaucoup écrit sur le fait que l'allégresse et le sentiment tragique de la vie sont indissociables. C'est le cas en Espagne : voilà une population chez laquelle le sens de ce qui existe, de ce qui est – la dimension ontologique –, est complètement absent. Seul le paraître a de la consistance. Le monde est une porte merveilleuse, somptueuse, qui n'ouvre sur rien. Contrairement à ce que l'on pense en général, les Espagnols ne prennent rien au sérieux. Chez eux, tout est factice, en carton-pâte. [...] Ce n'est pas un hasard si l'un des plus grands philosophes espagnols, Baltasar Gracián, décrit le monde comme une apparence et affirme que "*ce qui ne se voit point est comme s'il n'était point*". En Espagne, ces deux idées, "rien ne vaut rien" et "la joie de vivre est infinie", sont alliées. Tout est foutu, soyons joyeux. Rassurons-nous, tout va mal : c'est l'une de mes devises préférées. [...] Il n'y a que le réel, mais le réel est dispensateur de joie. [...]D'ailleurs mon père, qui m'a fait découvrir et aimer cette culture, répétait souvent ce mot que je trouve très émouvant : "On ne guérit pas de l'Espagne." »

L'éblouissement fut immédiat. Nous descendions en voiture de Lyon. Nous avions dix-huit, dix-neuf, vingt ans. L'air était brûlant, on prenait la route de nuit, Manu Chao dans l'autoradio, les vitres grandes ouvertes. On arrivait à l'aube à Barcelone, assoiffés, éperdus, on s'étendait un moment sur la plage. Là commençaient généralement les aventures et les emmerdes : l'arrière de notre voiture défoncée, les sacs volés, l'attentat du 11 septembre,

dont on avait aperçu l'ombre et la fumée dans un bar du Gótico, Stéphane emprisonné en pleine manif contre le G7, deux jours à faire le tour du centre de détention à crier son nom, il nous arrivait toujours des trucs, on finissait presque par les attendre. Ça ne nous refroidissait pas. Nos pas, légers, engourdis, nous menaient de place en place, des formes ondulaient dans des nuages de chaleur, des filles marchaient ou flottaient, nous buvions des cafés, gorgés de soleil. Le charme opérait à plein. Nous errions dans la ville inconnue et mystérieuse, nous laissant aller aux courants d'air et au charme vénéneux.

Dès le début je sens qu'il y a dans ce ciel ma mesure. Je ne suis pas né ici, et pour cette raison même j'ai pu m'y réinventer.

Lors des nuits blanches je rencontre mes amis, Nama, Julieta, Inma, Alex, Martín, David, Agus. Je fais l'apprentissage du fantasque, du désir, du délire. Je plonge dans ce que je sais être mon territoire.

Je découvre Madrid, merveilleuse ville de bars, de places, de convivialité et de journées sans fin, adéquation entre l'être et le lieu.

Les pays ne sont certes qu'imaginaires, on vit dans une chambre de reflets et de lumières tissés entre nos cerveaux et les lieux. Pour autant il y a des manières d'être et de se déplacer, de s'adresser au ciel et aux autres, de vivre pleinement en sachant tout perdu d'avance. *Es lo que hay*.

C'est comme ça, faisons avec ce qu'il y a. *Son cosas que pasan*. Ce sont des choses qui arrivent. Ce stoïcisme qui n'est pas un fatalisme, cette joie qui n'est pas feinte. Je ne connais pas la totalité du pays et certaines choses me plaisent moins, mais je sais les mains sur les épaules, le verbe haut, le regard clair, et cela me suffit amplement.

Dans cette lumière-là

Je voulais revoir l'enfant, entendre la musique. J'ai ouvert les couloirs, pensant y trouver quelque chose.

Et c'est ici, finalement, que j'achève ce livre, dans la lumière éclatante et franche du Midi, au pied de la montagne Sainte-Victoire, devant laquelle je me lève chaque jour. Écrire dans cette lumière, c'est ce que j'ai toujours voulu faire.

J'ai suivi les sillons, dessiné quelques creux. Ai-je trouvé des réponses ? Non, plutôt une somme de nouvelles questions. Ça me va. La danse prolonge la danse. L'écriture accroît les vides et les pleins, et moi je la suis. Elle a un tour d'avance. Elle ne m'est pas extérieure, je marche avec elle et elle me fait entrer. Comme la musique elle me fait pleurer et rire, elle m'augmente. Seule, elle n'est rien ; en lien elle existe. Je crois en elle comme je crois en une totalité supérieure à la somme des éléments. Le monde vivant bat et nous sommes dedans.

Je n'en sais donc pas plus qu'avant. Je ne sais pas qui je suis et ne cherche pas à le savoir. Il n'y a sans doute rien à apprendre, il n'y a qu'à danser.

On s'est approchés, mais comme toujours il a résisté. On n'effeuillera pas le mystère et c'est très bien ainsi.

J'ai peur parfois que mon cœur ne tienne pas le coup. Le rythme que je lui impose est élevé, je crois, j'aime quand il est soulevé, lancé fort contre sa cage, j'aime l'entendre rugir, mais pourra-t-il tenir ? J'ai peur dans le noir qu'il ne me suive pas. Pour autant je ne veux pas le cajoler, je voudrais vivre fort. Accompagne-moi, je t'en prie, bats encore avec moi.

Dans une existence, quelle qu'elle soit, il se joue tout et rien, ce qui est en jeu va toujours au-delà de ce corps précis lancé dans cet espace-là. C'est pour cela qu'il y a des choses à dire et à écrire : parce que le tragique d'une existence se répète à chaque fois, avec d'infimes variations qui pourtant rebattent entièrement les cartes. On joue pour soi et dans le même temps on joue pour tous. Chacun se situe à un point de pliure unique d'où il aura la possibilité d'engager les gènes de l'espèce. Ça ne changera absolument rien, mais dans son ADN vivent les milliards d'êtres ayant vécu avant lui. On porte tous ces cellules-là. Ce n'est pas rien. C'est dérisoire. Les corps sont cela, une incarnation éphémère d'une quête plus large et plus brillante, qui ne nous appartient pas. On répétera les mêmes erreurs et les mêmes joies, on n'inventera rien de neuf mais on misera beaucoup, on tentera des choses, on creusera, on ira là où quelques-uns seuls sont allés ; on jouera notre va-tout avec cette sensation folle d'être le premier à le faire. Dans cette tension bouleversante, chaque existence vaut autant qu'une autre, remettant à chaque fois sur la table l'essence d'être vivant.

S'il se joue quelque chose en nous c'est en dehors.

Je poursuivrai cet intérieur jour dans une prochaine peau, en partant cette fois-ci d'un point de bascule, une fin d'année à part. Avant cela, je voudrais achever cette première danse par une image ancienne, lumineuse, centrale, qui irradie. Le socle de toutes les autres images : ma mère, mon père, mon frère sont assis à côté de moi. Nous vivons alors à Chaponost, en banlieue ouest de Lyon, dans une maison blanche entourée d'un vaste jardin en pente qui est, pour mon frère et moi, le terrain de jeu de toutes les aventures, en compagnie de notre fidèle et fantasque chien, Rabelais. On y habitera sept ans, de mes six à mes treize ans. C'est notre aventure et notre chance. S'élancer sur ce terrain, le remonter, le descendre, courir tous les trois, glisser sur des sacs plastique dans la partie du jardin qui mène à la route, nous lancer d'en haut, jaillir à toute blinde, éviter les herbes folles et les arbustes, vol plané et arrivée sur le chemin ; on expérimente tout et on voit ensuite, au pire on se fait mal.

Ce jardin est notre territoire infini, chaque zone possède son identité propre, accueille ses fantaisies, bases ennemies, cerisiers en fleur, balançoire là-haut sur le petit plateau, potager en bas, hangar oublié où zonent quelques fantômes.

Je nous vois, tous les quatre, dans cette lumière éblouissante, portés par une jeunesse inaltérable.

Je nous vois, c'est l'été.

On est assis à la table du fond, celle dont le plateau se descelle. La lumière est crue, le gravier ne crisse pas sous nos pieds. On rit fort. La moustache tourbillonnante de mon père. Le sourire éclatant de ma mère. Les cheveux en épis de blé de mon frère.

Au premier étage, nos trois chambres se succèdent. Je ressens un léger trouble lorsque je convoque la mienne. Peut-être la découverte de la solitude, la lumière mélancolique d'automne qui pouvait l'envahir, le lit contre le mur du fond. Ma première chambre à moi tout seul, les langueurs préadolescentes, les longs dimanches. Mais les voiles sont vite dissipées par les crêpes, les blagues, les jeux, tout vibre dehors, sur les chemins on fait notre école buissonnière avec mon grand ami Benjamin, chaque équipée en sous-bois ou dans la cour d'école est une épopée comme celle des Goonies, sa maison est un roman, les frondaisons deviennent forêt magique, les murs du collège ceux de *Sauvés par le gong*, voilà ce que fait mon cerveau en direct, je dois lire beaucoup d'histoires, ou bien c'est le règne de l'enfance qui transforme tout et crée de l'épique instantané. Je vis en tous les cas une féerie permanente.

Je vis toujours dans cette lumière. J'ai pris naturellement un stylo rose pour écrire ce passage. Au collège Françoise-Dolto, on meuble notre ennui léger par des canulars, des histoires factices, on fabule nos vies. Je remplis mon agenda *Cahiers du cinéma* des films que je dévore, auxquels j'attribue des notes. Je suis amoureux de Marie Charvet, qui m'ignore royalement. Je classe la foule de ses prétendants qui ne cesse de s'agrandir. Lorsque Brice, bonimenteur à la chaîne en or, tombe à terre, s'égratigne et se tord comme un joueur de foot italien, elle court le réconforter. La vie est déjà cette arnaque qui profite aux plus forts et aux plus malins.

Je suis fan absolu de tennis, en particulier de Stefan Edberg, le flamboyant attaquant suédois. Quand je joue contre mon frère, je monte moi aussi à la volée ; courir vers l'avant, ça m'intéresse. On se défie, on se charrie, comme sur l'Atari ou la Super Nintendo, Mario Kart, Rick Dangerous et autres plongées dans les sous-mondes. Des épopées là aussi, comme sur nos chemins

de terre. On grandit dans les lueurs des boules de cristal de Dragon Ball, les attaques foudroyantes de San Goku et les tourments de Vegeta. On ne se dispute pas, aucune minute à perdre avec ça. On vit dans une bulle réelle d'harmonie. Des parents aimants, amoureux, rayonnants, un équilibre des jours et des tempéraments. Ma mère est professeure d'allemand, mon père chanteur et musicien. On chante, mon frère et moi, sur ses disques, *Pas sages*, *Dans le bain*, *On se ressemble pas*. On part en tournée à Madagascar, on voyage dans l'ouest des États-Unis. Je plonge dans les romans policiers et d'aventures, je voudrais vivre dans ces histoires-là. Tout est neuf, offert. Je suis un garçon timide, sensible et joyeux, je crois. Je sens que ce sera une aventure folle, exaltante, périlleuse, j'espère être prêt pour ça. J'ai envie en tout cas. Il y a des filets de mélancolie dans mes yeux, il y a de l'élan peut-être, de la candeur, du désir. Les choses sont à peu près en place. On va où maintenant, avec ça ?

Je resterais bien là, dans cette image.
Je nous revois, courant dans le jardin.
Je nous revois dans la lumière.
Un été, au centre de tout.
Une image singulière et faite de toutes les autres. Nous sommes assis à la table de ce jardin de Chaponost, nous

rions sous le grand ciel. Nous sommes vivants, comme nous le serons toujours.
La colle qui tient mes os et mes morceaux. La grâce de ma mère. Le rire de mon père. La main de mon frère.
J'avance dans cette lumière-là.

TABLE DES ILLUSTRATIONS

p. 168 Julieta Cánepa, *Entre Sigiriya et Nilaveli*, Sri Lanka, 2019. Photo © Julieta Cánepa.

p. 170-171 Julieta Cánepa, *Adam's Peak*, Sri Lanka, 2019. Photo © Julieta Cánepa.

p. 185 Céline Villegas, Barcelone, 2021. Photo © Céline Villegas.

p. 194 Jean-René Ducrozet, *Chaponost,* 1988. Photo © archives de l'auteur.

RÉFÉRENCES DES TEXTES CITÉS

p. 143-144 Jorge Luis Borges, *L'Aleph*, traduction de Roger Caillois © Éditions Gallimard, 1967.

p. 165-166 Nicolas Bouvier, *Le poisson-scorpion* © Éditions Gallimard, 1982.

p. 184 Entretien avec Clément Rosset, paru dans *Philosophie Magazine*, octobre 2012 (propos recueillis par Alexandre Lacroix).

DU MÊME AUTEUR

Requiem pour Lola rouge, Grasset, 2010.
La vie qu'on voulait, Grasset, 2013.
Eroica, Grasset, 2015.
L'invention des corps, Actes Sud, 2017, prix de Flore.
Le grand vertige, Actes Sud, 2020, prix Mottart de l'Académie française.
Variations de Paul, Actes Sud, 2022.

DANS LA MÊME COLLECTION

Chantal Akerman, *Ma mère rit*
Laura Alcoba, *Les rives de la mer Douce*
Pierre Alechinsky, *Des deux mains*
Nathacha Appanah, *La mémoire délavée*
Claude Arnaud, *Juste un corps*
Jean-Christophe Bailly, *Tuiles détachées*
Miquel Barceló, *De la vida mía*
Christian Bobin, *Prisonnier au berceau*
Philippe Cassard, *Par petites touches*
Catherine Cusset, *New York, journal d'un cycle*
Erri De Luca, *Les Saintes du scandale*
Jacques Ferrandez, *Entre mes deux rives*
Michaël Ferrier, *Scrabble*
Roger Grenier, *Andrélie*
Jens Christian Grøndahl, *Passages de jeunesse*
Pierre Guyotat, *Coma*
Arthur H., *Fugues*
Hubert Haddad, *Les coïncidences exagérées*
Yannick Haenel, *Le sens du calme*
Christophe Honoré, *Ton père*
Christian Lacroix, *Qui est là ?*
J.M.G. Le Clézio, *L'Africain*
Rosetta Loy, *La première main*
Diane de Margerie, *Passion de l'énigme*
Richard Millet, *L'Orient désert*
Marie NDiaye, *Autoportrait en vert*
Pascal Ory, *Jouir comme une sainte*
Denis Podalydès, *Voix off*
J.-B. Pontalis, *Le dormeur éveillé*

Willy Ronis, *Ce jour-là*
Alexandra Schwartzbrod, *Éclats*
Philippe Sollers, Agent secret
Chantal Thomas, De sable et de neige
Enrique Vila-Matas, *Chet Baker pense à son art*
Jan Voss, *À la couleur*

Composition : Dominique Guillaumin, Paris
Achevé d'imprimer par l'Imprimerie Corlet
En juin 2024.
Dépôt légal : juin 2024.
Numéro d'imprimeur : 24050144.

ISBN : 978-2-7152-6006-1/ Imprimé en France.

542434